青弓社ライブラリー 77

SEIKYUSHA LIBRARY

海辺の恋と日本人

ひと夏の物語と近代

瀬崎圭二

青弓社

海辺の恋と日本人——ひと夏の物語と近代／目次

装丁——伊勢功治

はじめに――はじまりとしての海水浴

夏の海辺

昨年の夏、家族で瀬戸内海のある海水浴場に行った。もうじき五歳になろうとする息子が、海に行きたいと言ったのがきっかけだった。

数年前にも、息子に海を見せたことがあった。やはり瀬戸内海に浮かぶある島の浜辺に連れていったのだが、打ち寄せる波が怖かったらしく、いまにも泣きだしそうだった。海水に足をつけることさえできなかったことを覚えている。

海で泳ぐという経験は息子にとっては今回が生まれて初めてのことだったが、一昨年からスイミングスクールに通っている彼は、水に身を浸すことに慣れたのだろう、お気に入りの浮き輪をかぶってプカプカと海面に浮かび、足をバタバタ動かして水しぶきを立てていた。海そのものにも興味津々で、水がしょっぱいことや、砂浜の小石が足裏に触れて痛むことをわたしに訴えたり、浜辺に落ちている貝殻や海藻を不思議そうに眺め、食べられるのかどうかを尋ねたりした。

わたしが海水浴をするのは、大学生のとき以来、およそ十五年ぶりのことである。久しぶりに海水に身を浸してみると、かつては意識したことなどなかった海というものの生々しさを感じざるをえない。藻や砂で少し濁った水、ぬるぬるしたその質感を、水道水に慣れ親しんだ身体はやや持て余してしまうのだ。途端に、自分が見ているこの風景が少し奇妙なものに思えてきた。

目の前に広がっている大量の水からなる広大な海は、なぜそのようなものがあるのかまったくわからないまま、圧倒的な存在感を示している。その片隅に身を浸している半裸の人間たちの海水浴という行為は、それを鳥瞰的に見ることを想像すると、何やら滑稽でさえある。とは言え、強い太陽の光を浴びた身体を海水に浸すと、火照った身体が安らぐようで確かに気持ちよくはある。

息子が泳ぐ姿を見ていると、自分と海との関わりの記憶もゆっくりとにじみ出してきた。広島市の端の山間部で育ったわたしには、海は身近な存在ではなく、初めての海水浴は、小学校一年生のとき、地域のいわゆる子ども会の夏休み行事だったと思う。行き先は、海水浴場で有名な島根県の浜田だった。いまにも雨が降りだしそうな曇天で、わたしは仲がよかった友達と浮き輪に浮かび、それなりに楽しんだことを覚えている。

わたしと海水浴との出合いはそれほど悪いものではなかったが、その後、泳ぎがあまり上達しなかったせいか、夏に行く海やプールはあまり楽しい場所とはならなかった。海やプールで泳ぐように強いられるのを苦痛に感じることさえあった。

泳ぐという行為とは別に、海辺という場に引かれるようになったのは、十代後半の頃からだったろうか。なぜかはわからないが、自分は明らかにその場を意識して、様々な海辺を、独りで、二人で、仲間で、何度も訪れた。陽光をちりばめた海面をただ眺めたり、浜辺で友人たちとはしゃいだりするようになって、ようやく海に対する嫌悪感がなくなってきたのだ。

いま考えれば、それは、様々な表現媒体を通じて世間に流通する多くの海辺のイメージを吸収し、消費していたということなのだろう。ご多分にもれず、わたしも海辺をセンチメンタルでロマンチックな場として捉え、若者が引き寄せられる場としてそれを無意識に受け入れていたということだ。そんなわたしには経験はないが、若者たちが集まる夏の海辺のイメージと言えば、男女の出会い、いわゆる〝ナンパ〟という身ぶりが頭に浮かぶだろう。わたしの仕事は大学の教員だが、以前勤務していた女子短期大学の学生たちが、夏の海で男の子に声をかけられた経験談をよく聞かせてくれた。

今回わたしが訪れた海水浴場にも、十代後半から二十代前半くらいの男女の姿が見え、カップルが浜辺や海で戯れていた。まったくの偶然なのだが、この海水浴場に到着した瞬間に耳にしたのは、男の子が女の子をナンパしていたのだろう、「いくつ？」「十九」といった会話だった。

久しぶりに海水に身を浸したあの感覚。海辺で戯れ、感傷的になったり、心を癒やされたりした経験。そして、目の前の若者たちのナンパ……。すでにわたしたちの日常となり、生活の一部になっているこうした感覚や風景は、はたしてどのようにしてわたしたちの目の前に現れたのだろう。

例えば、海水浴という行為は、いつ頃からおこなわれているものなのだろうか。あるいは、なぜ海辺は、独り物思うことを促し、ささくれ立った感情を鎮め、それを癒やす場であるのだろうか。さらには、なぜその場で男女が出会ったり、愛を深め合ったりするのだろうか。それは、ロマンチック、ドラマチックな場として海辺を捉える認識が一般的なものとして共有されているからではないだろうか。そもそも若者たちによる海のナンパとはどのようにしておこなわれるようになったものなのだろうか。

少なくともこうした問いの一つは、すでに他の人の調査である程度明らかになっている。まずはその話から始めよう。

海と海水浴

民俗学者である谷川健一の『渚の思想』（晶文社、二〇〇四年）によれば、古くから渚は現世と他界の接点、生者（人間）が死者（神）と接触する場という意味を担っていたという。海の彼方には死者、祖先があり、海は新しい生命が誕生し、死者として帰っていく場として認識されていたのである。海辺に神社が祭られ、女性が出産を迎える産小屋が浜辺に建てられていたのもそのためだという。現在『浦島太郎』として知られている古代の浦島伝説も、海の彼岸に想像された常世がその背景にあるようだ。

また、海は古代から和歌や名所絵の題材[1]ともなっていて、その姿が古くから表現の対象になっていたこともわかる。しかし、後で述べるように、多くのひとびとが海で泳いだりするようになったのはそれほど古いことではない。畔柳昭雄『海水浴と日本人』（中央公論新社、二〇一〇年）によれば、近代以前の海は、漁師や船乗りなど水上で糧を得る生活者の場、あるいは海賊や水軍が暗躍する場であり、海辺では潮干狩りがおこなわれたり、宗教的・医療的・祭祀的な目的で海に入ったりする程度だったという。

同書は泳ぐという行為についても調査していて、『古事記』に潜り泳ぎを意味する「迦豆伎《かづき》」という語や、『日本書紀』に水浴を意味する「游沐《かはあみ》」という語があり、『源氏物語』や『今昔物語集』

に「およぐ」や「をよぐ」という語が見られると記している。武士が台頭する鎌倉期以降になると、武士にとって泳ぐ行為とは武芸であり、「水練」や「水泳」と呼ばれるようになったと指摘しているが、武士を含めても、泳ぐ行為はやはり一部のひとびとのものでしかなかった。

海水と身体との接触については、すでに古代から、水で身を清める禊のような行為や、海水を沸かして身を浸す「潮湯」や「潮湯治」などと呼ばれる行為がおこなわれていた。[2] 禊が宗教的・祭祀的な意味をもっていることは言うまでもないし、潮湯や潮湯治は、前近代の医療一般がそうであるように、信仰にも似た医療行為だったように思われる。海水浴の歴史についてふれた様々な記述がしばしば紹介している[3]ように、愛知県の大野は、海水を沸かして入るのではなく、海に直接入って身を浸す潮湯治で有名な土地だが、これは特定の地域に限定されたことでしかない。

その一方で、日本の歴史における「海民」の役割に焦点を当てた網野善彦の歴史学は、水上で糧を得ていた生活者を重要視するもの[4]であり、日本列島に暮らすひとびとと海との関わりを再考させてくれる。しかし、そうした視点を加えたとしても、「海民」にとっての海はやはり生活の場だっただろうし、交通網や情報網が発達していない近代以前は、海そのものに直接触れる経験をした者の割合も、現在と比べてかなり低かったものと思われる。

このように、いくつかの調査・研究を参照すると、近代以前の海は、宗教的・祭祀的な意味をもっていたこと、なりわいの場だったことがわかる。また、海水に身を浸す行為は確かに見られるものの、それは宗教的・祭祀的な行為や特定の地域に限定された行為だったことも見えてくる。

しかし、率直に言えば、近代以前に日本列島で暮らしていたひとびとと海との関わりについて明確に記述することはきわめて難しい。前近代と言っても、その時間の幅はとても広いし、しかもひとびとの生活や階層の違い、暮らしている地域の違いがあるからだ。そのことについては、歴史学や民俗学の研究に委ねることにして、本書ではこれ以上立ち入らない。

重要なのは、現在のわたしたちに見られるような海との関わり方に対する問いかけである。つまり、夏に海水浴を楽しむような感覚に対する問いかけだ。それは、はたしていつ頃から生まれたものなのだろうか。

これについては比較的はっきりしていて、ヨーロッパでおこなわれていた海水浴[5]の輸入がきっかけだったことがわかっている。幕末維新期から明治初期に海水浴が日本に紹介され、実践されるようになったのをきっかけに、いま、わたしたちが海に対してもつような感覚と相対的に近い感覚が生じ始めたのである。

例えば、泳ぐという行為についても、幕末に来日した外国人たちが実践していたのは、これまた西洋近代の概念であるスポーツとしての水泳だったと言えるだろう。都市文化論で知られる橋爪紳也は、一八六五年（慶応元年）に外国人居留地に設置された海水浴船を使って横浜最初の水泳大会が開催されたこと、翌年にはこの地にスイミングクラブが結成されたこと、六八年（明治元年）の東京に、武士でも漁師でもない一般の庶民が泳ぎを学ぶ水泳教導所が設置されたことを明らかにしているが[6]、これは、なりわい、武芸のいずれでもないような意味での泳ぐ行為に相当するものだろう。

ただし、幕末期に来日した外国人がスポーツとして水泳をおこなっていた一方で、西洋医学を紹介した書物に記されている海水浴は、医療行為としてのそれだった。「海水浴」という語は、幕末の林洞海訳述『窊篤児《ワートル》薬性論』巻二十一（一八五六年〔安政三年〕）にすでに現れていて、「補給機ニ属スル病」「神経諸病殊ニ刺衝機鋭敏ノ神経病、即チ癲癇・子宮病・神経頭痛・舞踏病・頑固間歇熱・麻痺・依剝昆垤児《イポコンデル》・慢性僂麻質斯《レウマチス》・痛風」などに効能があると説明されている。その方法は、「微温浴」から「游浴」への移行を経て、一日一回、しかも、初回一、二分から徐々に時間を長くしていくような慎重さを要するものだった。また、万病に効果があるというわけではなく、「内部ノ慢性炘衝、呼吸器ノ病、内臓ノ欠損」を抱えた者には逆効果だという。

前述した愛知県大野の潮湯治も医療行為としての意味をもっているが、海水浴は西洋医学の医療行為として紹介されていて、その意味合いは異なっている。こうした西洋医学の医療行為としての海水浴の意義は、少なくとも明治期まで様々な書物のなかで語られ続けた。

海水浴場の設置

日本での海水浴場の設置に関しては、一八八二年（明治十五年）に開設されたとされる愛知県の大野海水浴場と、八五年（明治十八年）に開設されたとされる神奈川県の大磯海水浴場について言及されるケースが多く、ときにこれらが日本最初の海水浴場として紹介されることもある。小口千明が丹念に調査している[7]ように、大野は、もともとその地にあった潮湯治の習慣に注目した後藤新平が、大磯は、当時陸軍軍医総監だった松本順がその開設に大きく関与したことでも知られる。[8]

大野や大磯が日本最初の海水浴場であるかどうかはさておき、これらがそのように語られるのは、後藤新平、松本順という人物名の力によるものだろうし、後藤新平は一八八二年（明治十五年）に

『海水功用論 付海浜療法』を、松本順は八六年（明治十九年）に『海水浴法概説』（松本順口授、二神寛治筆記）を著していることも手伝っているだろう。さらに大磯の場合は、九〇年（明治二十三年）に歌舞伎『名大磯湯場対面』などで海水浴場としてのこの地が宣伝されたことや、著名人の別荘がひしめき合ったことも、その名の広まりに強く影響した[9]。

ただ、日本での海水浴場の誕生については諸説あり[10]、管見の限りでも、明治初年代に熱海で最初の海水浴場が開かれたという記述[11]や、一八八〇年（明治十三年）に子宮の病気に海水浴が効くとして函館病院が海水浴場を設けたという記述、八一年（明治十四年）の夏に兵庫県の須磨村一の谷に海水浴場が開設されたという記述が存在する[12]。そもそも海水浴という概念が、潮湯治や温泉と同じようなものとして受け入れられ、海水浴場がそのような行為を促す場として当時のひとびとに捉えられていたとするならば[13]、海水浴場の誕生を明確に見定めることなど不可能だろう。海水浴という西洋近代の概念を明確に反映させたような場が突如立ち現れるはずはないからである。

海水浴が紹介され、海水浴場が設置され始めた一八七〇年代後半から九〇年代半ば（明治十年代から二十年代）、当時のひとびとがそれをどのように受け入れていたのか、それを知る一つの手がかりとして、明治期の日本の風景を描き続けたフランスの画家ジョルジュ・ビゴーのスケッチを見てみたい。ビゴーは他者としての日本の習慣・風俗をオリエンタリズムに満ちたまなざしで、また明治日本の急速な西洋近代化を風刺するようなまなざしで捉えていた。図1は、そのビゴーが描いた熱海の海水浴のスケッチである[14]。

ビゴーが描いたこの海水浴の風景は、西洋近代の海水浴を知るビゴーにとって、おそらく奇妙なものに映ったのだろう。全裸で海岸にしゃがみ込む男性や母親に手を引かれている子供、温泉に入るように頭に手ぬぐいをかぶせ、首まで海水に浸している男性たちを描いたこのスケッチは一八八七年（明治二十年）頃のものだが、ここで明らかにされているのは、日本の海水浴は海水浴ではないこと、さらには、現在のわたしたちがイメージする海水浴などいまだ誕生していなかったことなのではないだろうか。

図1　ビゴーが描いた熱海の海水浴のスケッチ
（出典：芳賀徹／清水勲／酒井忠康／川本皓嗣編『ビゴー素描コレクション2（明治の世相）』岩波書店、1989年）

ただ、確かに海水浴と呼ばれる行為は、一八七〇年代後半から八〇年代後半（明治十年代から二十年代初頭）にかけて日本のひとびとによって実践されるようになっていた。そして、当初のそれが医療行為として紹介されていたように、この時期の海水浴にはその意味合いが強いことも確かだ。ならば、現在われわれがイメージするようなレジャーとしての海水浴はいつ頃始まったのかという疑問が生じるだろう。これについては次章で述べるが、ここまでで、先に挙げた問いの一つ、「海水浴という行為は、いつ頃からおこなわれているものなのだろうか」についてはある程度説明できただろう。

実はレジャーとしての海水浴の始まりを考えることは、海辺がセンチメンタル、ロマンチック、ドラマチックなイメージをもつことや、その場で男女が出会ったり、愛を深め合ったりすることと絡み合っている。次章以降では、残された問いの説明に努めていくことになるが、率直に言ってこの作業はきわめて難しい。

こうした問いに答えるためには、言うまでもなく、昔のひとびとが海辺に対してどのようなイメージをもっていたのかを調べることが必要になってくる。そこでまず立ちはだかる困難は、そのようなものを書き残すことができた者はごく一部のひとびとでしかないということだ。そしてもう一つの困難は、ごく一部のひとびとの手によるものであれ、それらをすべて収集し、吟味することなど到底できないということである。

したがって、本書でおこなう作業では、一部のひとびとによって書き留められた海辺をめぐる表現を、右に挙げたような問いを探る材料の代表として扱っていくことが前提になる。その一部のひとびととは、文学者や知識人、文化人、新聞記者など、記述を残すことができたひとびとである。

先にも述べたように、わたしは大学の教員をしていて、日本近現代文学を専門としている。その立場から、多くの文学作品に描かれる海辺の表現はそのような材料として扱えると判断し、本書で多く取り上げている。文学作品にも様々なものがあるが、本書では、そのなかでも比較的多くのひとびとに受け入れられた通俗的な作品を意識的に取り上げた。また、文学作品以外にも、そうした性質をもつ表現として口絵や演劇、映画、イラスト、ポップソング、漫画などの表現を取り上げている。

ある表現が生まれ、伝わり、広がり、繰り返され、また別の表現が同じ運動を展開していくという、途方もない表現の生成と消失が繰り広げられていくなかで、現在わたしたちが認識する海辺のイメージが形作られていったのではないだろうか。本書では、明治から現代までの海辺をめぐる多くの表現を時代順に取り上げていくが、その過程のなかで、変化していった部分と変化していない部分の両方が読者のみなさまにわかっていただければ幸いである。

なお、わたしの専門上、本書では文学作品を多く扱っているが、本書は文学研究の書ではない。いわば、文学の表現を主要な材料として文化史的な記述に努めた書ということになるだろうか。したがって、文学表現に対する分析に対しても、文化全般に対する分析に対しても、またそれを歴史的に捉えていく方法にしても、中途半端で物足りないところがあるかもしれないが、ご容赦いただきたい。特に、第3章で夏目漱石の小説を扱っている個所については、小説の中身に入り込みすぎているところや本書の性格からやや逸脱しているところもあるので、読みにくければそこは読み飛ばしていただいてもかまわない。

それではまず、海辺での男女の出会いの物語がどのようにして生まれたのか、そのことを解きほぐしていくことにしよう。

注

（1）岡田喜久男「万葉人たちのうみ」、佐藤泰正編『文学における海』（笠間選書）所収、笠間書院、一九八三年、家永三郎『上代倭絵全史』改訂重版、名著刊行会、一九九八年、参照

（2）畔柳昭雄『海水浴と日本人』中央公論新社、二〇一〇年、参照。潮湯については、進藤和子「海水浴・潮湯・海水温浴と温泉の類似点と入浴文化の考察」（日本温泉地域学会編「温泉地域研究」二〇〇八年九月、日本温泉地域学会）、進藤和子「海水浴・潮湯・海水温浴と温泉の類似点と入浴文化の考察（二）」（日本温泉地域学会編「温泉地域研究」二〇〇九年九月、日本温泉地域学会）、進藤和子「海水浴・潮湯・海水温浴と温泉の類似点と入浴文化の考察（三）」（日本温泉地域学会編「温泉地域研究」二〇一〇年九月、日本温泉地域学会）が、日本各地の調査をおこなっている。

（3）海水浴の歴史を論じた代表的論文には、小口千明「日本における海水浴の受容と明治期の海水浴」（人文地理学会編「人文地理」一九八五年六月、人文地理学会）がある。

（4）網野善彦『海と列島の中世』（〔講談社学術文庫〕、講談社、二〇〇三年）、網野善彦『海民と日本社会』（〔新人物文庫〕、新人物往来社、二〇〇九年）などを参照。

（5）一般に西洋近代の海水浴は、十八世紀後半にイギリスの医師リチャード・ラッセルがその医療効果を宣伝してイングランドのブライトンの海岸に施設を作り、実行したのが始まりとされている。しかし、すでに古代ローマ時代に海水がもたらす医療効果が発見されているようだし、ラッセル登場以前のイギリスでも、すでに十七世紀に海水の医学的効果を説いた記述が見られるという。この詳細については、アラン・コルバン『浜辺の誕生――海と人間の系譜学』（福井和美訳、藤原書店、一九九二年）や福田眞人「風呂と海水浴――十九世紀英国における衛生観念の形成（二）」（名古屋大学大学院国際言語文化研究科編「言語文化論集」第十九巻第一号、名古屋大学大学院国際言語文化研究科、一九九七年）を参照されたい。

（6）橋爪紳也『海遊都市――アーバンリゾートの近代』（叢書 l'esprit nouveau）、白地社、一九九二年、参照

(7) 前掲「日本における海水浴の受容と明治期の海水浴」参照。大野や大磯に海水浴場が設置された年についても、小口の調査によっている。

(8) 松本順の自伝には、林洞海訳の『窊篤児《ワートル》薬性論』で海水浴を知ったことや、大磯に海水浴場を開設した経緯などが記されている。詳しくは、松本順「蘭疇自伝」（『松本順自伝・長与専斎自伝』〔東洋文庫〕、平凡社、一九八〇年）を参照のこと。

(9) 大磯町編『大磯町史 七（通史編）』大磯町、二〇〇八年、参照

(10) 最近では、上田卓爾「日本の海水浴場の始まりについて」（静岡英和学院大学・静岡英和学院大学短期大学部紀要委員会編「静岡英和学院大学・静岡英和学院大学短期大学部紀要」第四号、静岡英和学院大学、二〇〇六年）がこの点について整理している。また、明治初期の海水浴場富岡について調査した大矢悠三子「海水浴の発祥と発展」（「湘南の誕生」研究会編『湘南の誕生』所収、藤沢市教育委員会、二〇〇五年）の指摘も興味深い。

(11) 増田靖弘ほか編、日本レクリエーション協会監修『遊びの大事典』東京書籍、一九八九年、参照

(12) 下川耿史／家庭総合研究会編『明治・大正家庭史年表——一八六八→一九二五』河出書房新社、二〇〇〇年、参照。なお、須磨の海水浴場については、上原勇太『須磨誌』（上原勇太、一八九三年）にも「明治十四五年の頃兵庫県庁より今の保養院の前の海浜に井を掘り家を建て公衆の海水浴場にあてしを以て始めとす」とある。

(13) 前掲「日本における海水浴の受容と明治期の海水浴」参照

(14) 芳賀徹／清水勲／酒井忠康／川本皓嗣編『ビゴー素描コレクション 二（明治の世相）』岩波書店、一九八九年。同書によると、このスケッチは、「トバエ」（一八八七年〔明治二十年〕九月十五日）に掲載されたという。

第1章　物語の発生——夏の海辺と出会い

1　身体への欲望と物語

西洋近代の海水浴の歴史を調べると、(1)十八世紀後半にイギリスの医師リチャード・ラッセルがその医療効果を宣伝してイングランド南東部にあるブライトンの海岸に施設を作り、実行したのが始まりとされている。ブライトンなどでの海岸保養は、イギリス内陸部の湯治場《スパー》を背景にした温泉保養をモデルに、イギリスの貴族階級やジェントリーに支えられる形で作り出され、以後、多少の時差をはらみながら、バルト海、北海、英仏海峡を望む大陸の海岸伝いに浸透していった。

もともとは保養地として認知されていたブライトンも、王太子や摂政、国王が逗留するにつれ、保養地と行楽地を兼ねたリゾートへと変貌し、十九世紀にはあらゆる海水浴場がリゾートとしての相貌を示し始めるようになった。同時に、海水浴場への鉄道の敷設は、海水浴を一般大衆へと広めることにもなった。ヨーロッパで海水浴がレジャーとなっていったのは、このような背景からだ。

そして、ブライトンに代表される海水浴場が徐々に貴族階級やジェントリーたちのリゾートと化してくるということは、海水浴場が社交場としての意味を持ち合わせてくることでもある。避暑地での見知らぬ人との出会い、すでに名を知っている者同士の対面、一年ぶりの再会といった出来事がロマンチシズムに包まれたとき、物語への欲望がうごめき始める。それはやがてヨーロッパ全土へと広まるが、十九世紀のフランス文学を題材に海浜リゾートを文化史的に捉えた山田登世子によれば、避暑地とは、「夏の恋の生まれる場所」[2]だったという。

日本でも、大磯は、明治二十年代（一八八七―九六年）から政財界人、華族の別荘が立ち並び[3]、学生たちの旅行先としても認知されるようになった。ただし、そこでうごめいた物語は、出会いに対する憧憬というよりも、海水浴という新たな風俗に対する好奇のまなざしに支えられた、その場における女性の身体への欲望と、それとの接触に対する期待を含んだものだったようだ。黎明期の海水浴を語った「大磯海水浴の現況（続）」（「朝野新聞」一八八九年〔明治二十二年〕八月十七日付）という新聞記事の一節を見てみよう。

避暑の旅行は近頃官吏学生許りに限らずして東京より諸方に出掛くる連中には紳士紳商の類も多けれども頃日大磯に滞留する旅客中には官吏学生の種類多く殊に驚くべきは婦人連の大胆にも浴場に游泳し塩気の強き大濤の畏ろしき音にて打ち来るにも構はず妻君令嬢并に女教師女生徒らしき連中が身に薄き金巾の西洋寝巻を纏ひ首に大なる麦藁帽を冠り三ゝ五ゝ相携へて余念もなく海中に游び戯むるゝ事なり、塩風は無遠慮にも吹きしきりて雪の肌を黒くし意気な束髪も荒波の為めには解け乱れて却て婀娜なりと云はゞ云へ兎に角外の場所にては迚も見得られぬ一種の風体を現はし来りて余り行儀のよき方には非れども孱弱なる我国の婦女子が斯る風となりしも亦開化の一端ならんか去り乍ら右の浴場中には男女混同にて荒波の急に注ぎ来る時などには慣れぬ婦人は狼狽の余り先づ誰れにても手近く立ちたる人に縋りて扶けらるゝ場合もあれば之が媒介となりて如何なる椿事の起るやも知れずとは例の老婆心なるべし

引用は避けたが、この記事のそばには、例によって医療行為としての海水浴の方法が紹介されていて、医療行為としての海水浴に関する記述と、その場での女性の身体に対する欲望や女性との接触に対する期待が込められた記述とが新聞紙面上で隣り合っていることになる。明治二十年代のこの新聞記事は、いくつかのレベルにまたがった当時の海水浴の姿を端的に示していると言えるだろう。

さらにこの記事で注意すべきは、海水浴場で語られている存在が女性に中心化されていることである。しかもその女性とは「妻君令嬢并に女教師女生徒らしき連中」であり、「開化」の風俗を身に着けた一定の社会的地位や階層のなかにある者たちである。興味深いのはここに並べられた女性の属性であり、現代の語で言い換えれば、人妻にお嬢さま、女教師、女子高生ということになるだろうか。この記事は、こうした存在がすでに当時、男性の欲望を喚起する表象にもなっていたことを示しているだろう。

海水浴場とは、男性たちが欲望を抱えながらも手を出すことをためらってしまうようなそうした女性の表象が、「荒波」や「塩風」によってその秩序を失い、「雪の肌を黒くし」たり、「意気な束髪」が「解け乱れて」しまうような場なのである。女性たちが身にまとう「薄き金巾の西洋寝巻」はその身体への欲望を男性たちに引き起こし、解け乱れた束髪は「婀娜」という性的な感情を引き起こす。「妻君令嬢并に女教師女生徒らしき連中」はそれ自体欲望を含んだ表象であり、欲望の対象でもあるのだが、同時にその表象の乱れも欲望されていることになるだろう。海水浴場の女性たちは欲望に幾重にも囲繞されているのである。

荒波は、そのような欲望にさらされた女性の身体との接触を促し、女性との「椿事」への期待を叶えるきっかけを作り出すものとして語られている。海水浴場という場で海水浴が実践され始めた明治二十年代には、その欲望を背景に、すでにその場を支える重要な物語要素が胎動し始めていたのである。ひとまずここでは、海辺での異性との出会いは、男性の期待と欲望が生み出したと述べておくことにしよう。

ただ実際には、当時の大磯ではそれは期待のままで終わっていたのかもしれない。というのも、「東京日日新聞」（一八八八年〔明治二十一年〕七月十八日付）には「海水浴男女混交の禁止」という記事が掲載されていて、神奈川県下の海水浴場では男女の混浴を避けるため、男女別の区域が設けられた旨が記されているからだ。これに違反すれば違警罪にも問われたらしい。(4) とするならば、「朝野新聞」の記事に見られるような女性との接触に対する期待は、そもそも実現不可能なものとも考えられるだろう。その詳細は定かではないが、ここでは、そのような期待のもとに物語が生まれ始めていることを確認しておけばいい。

2 海水浴の快楽

夏目漱石に「木屑録」という一文がある。これは、一八八九年（明治二十二年）八月にのちの漱石、夏目金之助が同窓生四人とともに房総半島を旅行したときの紀行文で、漢詩を差し挟んだ漢文によって構成されている。(5)脱稿は同年九月九日で、これを漱石から示された正岡子規は朱批・総評を記して応えた。この「木屑録」のなかに海水浴についての記述がある。

余自遊于房、日浴鹹水。少二三次、多至五六次。浴時故跳躍、為児戯之状。欲健食機也。倦則横臥於熱沙上。温気浸腹、意甚適也。如是者数日、毛髪漸赭、面膚漸黄。旬日之後、赭者為赤、黄者為黒、対鏡爽然自失。

（余、房に遊びて自り、日び鹹水に浴す。少きも二三次、多きは五六次に至る。浴する時、故らに跳躍して、児戯の状を為す。食機を健ならしめんと欲すればなり。倦めば則ち熱沙の上に横臥す。温気、腹を浸して、意甚だ適きなり。是くの如き者、数日、毛髪漸く赭らみ、面膚漸く黄ばむ。旬日の後、赭らみし者は赤と為り、黄ばみし者は黒と為り、鏡に対して爽然自失せり。）

「木屑録」と同時代に公にされた前掲の松本順『海水浴法概説』と、この記述とを照らし合わせてみると、いくつかの点が明らかになる。「鹹水」とは海水のことで、少なくとも日に二、三回、多いときは五、六回、「余」は海水浴をしたことになるが、『海水浴法概説』には、一日の海水浴の回数が、「一浴ノ間三十分許ナルヲ要ス故ニ十二時間ニ二回浴シテ足レリトス　然レト其ノ稍々習慣スルニ従テ漸次其数ヲ増シ尚ホ多キヲ以テ好シトス」とあるので、日に二、三回から五、六回に及ぶ「余」の海水浴は、医療行為の方法としては妥当なものだろう。

食欲を増進させるため、海水を浴びるときに子供のように跳躍する行為については、『海水浴法概説』に記載はないが、同書には海水浴は「新陳代謝ノ機能ヲ旺ンナラシメ食欲ヲ増加シ体力ヲ強壮セシムルノ明徴ナリ」という記述がある。とすると、「余」のこの行為も、単に運動して腹をすかせるというよりも、食欲の増進や身体の強化をふまえた医療行為としての海水浴の一環なのかもしれない。

また、「倦則横臥於熱沙上。温気浸腹、意甚適也」と、「余」が熱砂の上に横臥して腹部を温めていることにも注意すべきだろう。『海水浴法概説』に「自ラ海水ニ浴スルニ久シクシテ腹部透冷甚タ不快ナルヲ以テ試ミニ児童ニ習ヒ熱砂上就テ俛臥シ胸腹ヲ温ムルニ温暖ノ気快然トシテ云フ可カラス」という記述があるからだ。松本順が海岸で目にした、浜辺にうつぶせになり、胸や腹を熱砂に当てている地元の漁師の子供たちの姿は、西洋医学の見方ではその害を危惧されるものだったが、その土地のひとびとの話を聞いたところ、腹病にかかる者はいないという。子供たちのまねをして腹部を熱砂に当てて温めてみた松本は、非常な心地よさも感じている。「倦則横臥於熱沙上。温気浸腹、意甚適也」という「木屑録」の感覚が、この『海水浴法概説』の記述に酷似していることは言うまでもないだろう。

この記述に見られるように、海水浴が紹介され始めた明治十年代後半から二十年代前半（一八八二―九二年ごろ）には、冷たい海水に身を浸す習慣をもたなかったひとびとにとって、海水浴による腹部の冷却は「不快」なものと感じられたようだ。その不快感が地元のひとびとの習慣を模倣することで「快然」という感覚へと転換されていくこと、このプロセスに、西洋近代の海水浴の奇妙な〈翻訳〉があると言えるだろう。

この「快然」「意甚適也」という感覚が海水浴なるものを支える一要素だったことは、それが医療行為として日本に紹介され始めた当初から、快楽を伴った楽しみの意味をも併せ持っていたことを示している。医療行為としての海水浴を紹介した『海水浴法概説』にも「海水ニ浴セント欲スル者ハ病ノ有無ヲ論セス　浴者自ラ快爽ヲ覚ユレハ乃チ必ス良ナリ」とあり、海水浴を実践する当人の「快爽」という感覚こそが医療的にもいい結果を導くという、きわめて曖昧な科学的認識のもとに海水浴が語られていることにも、それは如実に表れているだろう。医療行為としての海水浴には、すでに快楽が含意されていたのである。

ならば、海水浴に赴く旅とは、その快楽を消費するための旅でもあったはずであり、その快楽は海水を浴びる行為だけでなく、その行為を取り巻くあらゆる非日常の経験にも向けられるものだったかもしれない。漱石の「木屑録」では、海水浴に出発する場面は次のように描かれている。

余以八月七日上途。此日大風、舟中人、概皆眩怖、不能起。有三女子、坐于甲板上、談笑自若。

余深愧鬢眉漢不若巾幗者流、強倚欄危坐。既欲観風水相闘之状、蹣跚而起。時怒濤掀舟、舟欹斜殆覆。余失歩傾跌。跌時、盲風猋至、奪帽而去。顧則見落帽飄飄、回流於跳沫中耳。舟人皆拍手而大笑。三女子亦輾然如嗤余亡状。為之忸怩。

（余、八月七日を以て途に上る。此の日、大いに風ふき、舟中の人、概ね皆眩み怖れて、起つ能わず。三女子有り、甲板上に坐し、談笑して自若たり。余、深く鬢眉漢の巾幗者流に若かざるを愧じ、強いて欄に倚りて危坐す。既にして風水相闘うの状を観んと欲し、蹣跚として起つ。時に怒濤舟を掀げ、舟欹斜して、殆ど覆らんとす。余、歩を失って傾き跌る。跌るる時、盲風猋として至り、帽を奪って去る。顧れば則ち落帽飄飄として、跳沫中に回流せるを見る耳《のみ》。舟人、皆手を拍って大いに笑う。三女子も亦た輾然として、余の亡状を嗤うが如し。之が為めに忸怩たり。）

この場面で注意すべきは、「余」の「三女子」に対するまなざしだろう。強く風が吹くなかでも甲板に座って談笑する三人の女性を見た「余」は、「鬢眉漢」（男子たるもの）として、「巾幗者流」（婦人たち）に及ばないことを恥ずかしく思い、無理に手すりに近寄って正座してみせる。よろよろ立ち上がった瞬間、大きな波が船を傾け、「余」は足をとられて転んでしまうが、そのときに強い風が「余」の帽子を海に飛ばしてしまい、それを見た乗客や三人の女性は大笑いするのである。「余」は、ぶざまな姿を見られ、三人の女性にあざ笑われているかのように思い、恥ずかしさを感じている。

「余」が、三人の女性の前で「鬢眉漢」だと意識するのは、旅へ向かう非日常の場で、女性との何らかの接触を期待したうえのものであるようだ。ただしその接触とは、必ずしも直接ことばを交わすようなたぐいのものではなく、女性に「鬚眉漢」として認知されたいという、まなざしのうえでの接触だろう。その意図に反して転んでしまい、帽子を風に飛ばされた「余」は、「如嗤余亡状」、すなわち、女性たちにあざ笑われているように感じるのである。ここで重要なのは、実際に三人の女性たちが「余」をあざ笑っているわけではなく、「余」があざ笑われているように感じている点だ。女性たちのまなざしに対するこのような意識が、「余」を自ら「忸怩」たる思いに駆り立てていくのである。

海水浴に出発する「木屑録」のこの場面は、海水浴場を描いたものではない。しかしながら、海水浴、あるいはその旅という非日常性が、こうした異性に対するまなざしの交錯を織り込むものであることを表象していると言えるだろう。

3 「木屑録」の形式

「余」が訪れた房総半島の保田は、「険奇巉峭、酷似奸雄」（険奇巉峭にして、酷だ奸雄に似たり）という語で表現され、次のような漢詩に詠まれた。

西方決眥望茫茫。（西の方　眥を決して　茫茫を望めば）

幾丈巨濤拍乱塘。（幾丈の巨濤　乱塘を拍つ）
水尽孤帆天際去。（水尽きて　孤帆　天際に去り）
長風吹満太平洋。（長風　吹きて満つ　太平洋）

この漢詩に捉えられた保田の風景は、土手を打つ巨大な波の姿であり、海の彼方に見える水平線や一艘の帆船の姿である。保田は「険奇巉峭」、すなわち、けわしく奇抜で高く切り立っているイメージとして語られているが、これは保田の背後にある鋸山や大きな波が岸辺を襲う風景に由来するものだろう。

「余」は、こうした保田の風景を「古人所描山水幅」（古人描く所の山水の幅）という認識の枠組みのなかで捉えていて、そこに古人が描いた色彩豊かな山水の掛け軸に表現されるようなステレオタイプな風景を再確認している。先の漢詩に描かれた、土手を打つ巨大な波の姿、海の彼方に見える水平線や一艘の帆船に表される保田の姿も、山水画的な表象にほかならない[6]。それらは決して写実されているわけではなく、ある概念のなかで類型的に描かれた〈風景〉なのである。

「余」は、保田での生活を詠んだ別の漢詩のなかで、保田を「碧水白雲間」（俗世間から隔絶した境界）や、悟りが文字ではなく心から心へと伝わるような「仙郷」（仙人の世界）にたとえている。漱石の漢詩の「白雲」とは、寒山詩や淵明詩などに淵源する、老荘道家系と禅の底流を引くものとしての自然の典型だったと考えられていて[7]、避暑地としての保田は、「余」にとって理想郷としてのイメージで捉えられているのである。

そもそも漢詩を作るということは、すでに強固な形でできあがっている表現、形式、内容などの枠に倣うことである。寒山詩・淵明詩などに淵源する詩的世界だけでなく、漢詩そのものが否応なくもっている枠こそが「余」のこの詩を覆っているのだ。そのために、保田は「険奇巉峭」「碧水白雲」という語で語られ、「奸雄」や「仙郷」にたとえられ、「巨濤」や「孤帆」の風景として類型的にしか表象されないのである。海水浴の場面が描かれながら、浜辺が表現される際に「熱沙」という語しか使っていないのも、そのことと無関係ではないだろう。

こうした認識の枠組みや漢詩漢文の形式によって保田を捉える「余」を、周囲の者は奇異な目で見ている。

同遊之士、合余五人、無解風流韻事者。或被酒大呼、或健啖驚侍食者。浴後輒囲棋闘牌、以消閑。余独冥思遐捜、時或呻吟、為甚苦之状。人皆非笑、以為奇癖、余不顧也。邵青門方構思時、類有大苦者、既成則大喜、牽衣遶床狂呼。余之呻吟、有類焉。而傍人不識也。

（同遊の士は、余を合わせて五人、風流韻事を解する者無し。或いは酒を被りて大呼し、或いは健啖にして食に侍する者を驚かす。浴後には輒ち棋を囲み、牌を闘わせて、以て消閑す。余、独り冥思遐捜し、時に或いは呻吟し、甚だ苦しむの状を為す。人皆非笑して以て奇癖と為すも、余は顧みざるなり。邵青門、思いを構うる時に方りて、大苦有る者に類せるも、既に成れば則ち大いに喜び、衣を牽き床を遶りて狂呼す。余の呻吟せる、焉に類する有り。而うして傍の人は識らざるなり。）

「余」が「木屑録」に記すような漢詩文の世界、「風流韻事」は、「余」とともに保田に遊んだ者たちには理解されない。清の文人邵青門のように呻吟し、苦悶する「余」を周囲はばかにし、変人扱いしている。「風流韻事」を解し、漢詩文によって「木屑録」を書き記すような文人としての「余」の行動は、すでに「奇癖」なのである。

「木屑録」の冒頭には「余児時、誦唐宋数千言、喜作為文章。〔略〕自是遊覧登臨、必有記焉」（余、児たりし時、唐宋の数千言を誦し、喜んで文章を作為る。〔略〕遂に文を以て身を立つるに意有り。是れ自り遊覧登臨すれば、必ず記有り）という記述があるが、そうした「余」の認識もすでに時代錯誤のものであり、周縁化されたものだったかもしれない。「木屑録」が書かれた明治二十年代は、漢文という文体に対する反省がすでに生じていて、「木屑録」のスタイルは、アナクロニズムだった可能性も指摘されているし、明治二十年代以降、日本での漢詩の作成やその享受の習慣は急速に衰退していったという。(8)

「風流韻事」を求めて「遊覧登臨」した際の記であることを自称した「木屑録」の枠組みと形式では、仮にそこにレジャーとしての避暑や海水浴の要素があったとしても、それを描くのは難しいだろう。避暑に向かう「余」の女性に対するまなざしが浮き彫りになりながらも、「木屑録」にそのような意味での海水浴が描かれないのは、「余」が単にそこに医療行為としての意味合いしか認めていなかったことによるものではないようだ。先に挙げた「朝野新聞」の「大磯海水浴の現況（続）」が記す海水浴は、海水浴場での女性の身体に対する欲望と女性との接触に対する期待をはらんでいるという点で、すでに医療行為としてのそれから逸脱していた。くしくも、「大磯海水浴の現況（続）」と「木屑録」が描いた夏は同じ年のものである。

ところで、夏目漱石と正岡子規との間で取り交わされた「木屑録」には次のような記述も見られる。

客舎得正岡獺祭之書。書中戯呼余曰朗君、自称妾。余失笑曰、獺祭諧謔、一何至此也。輒作詩酬之曰、

鹹気射顔顔欲黄。
醜容対鏡易悲傷。
馬齢今日廿三歳。
始被佳人呼我郎。

（客舎に正岡獺祭の書を得たり。書中、戯れに余を呼びて朗君と曰い、自らは妾と称せり。余、失笑して曰く、獺祭の諧謔、一に何ぞ此に至れる也、と。輒ち詩を作り、之に報いて曰く、

鹹気　顔を射て　顔　黄ならんと欲す
醜容　鏡に対すれば　悲傷し易し
馬齢　今日　廿三歳
始めて佳人に我が郎と呼ばる）

子規は漱石に宛てた手紙のなかで、女性の一人称である「妾」という語で自身を呼び、女性が親

しみを込めて男性を呼ぶ際に用いる「朗君」という語で「余」を呼んでいる。子規のその戯れに応えた「余」は、相手のことを「佳人」と呼ぶ。前掲したように、避暑地に向かう船中で、「余」は「深愧鬚眉漢不若巾幗者流」（深く鬚眉漢の巾幗者流に若かざるを愧じ）、女性のまなざしを意識した「鬚眉漢」（男子たるもの）として虚勢を張っていた。しかし、その女性に対する意識は、「鬚眉漢」としての男の意識に回収されていくだけだった。互いに「朗君」「佳人」と呼び合うほどに濃密なこの二人の関係を支える男同士の〈漢〉文脈と、「余」の〈ひと夏の恋〉という文脈との間には、やはりかなりの距離があるようだ。この距離は、一八八九年（明治二十二年）の海水浴がもたらしたものだろうし、漢詩漢文という「木屑録」のスタイルによるものでもあるだろう。

4　正岡子規の「叙事文」

ちなみに、「木屑録」を示された正岡子規は、自身も一八九一年（明治二十四年）三月から四月にかけて房総を旅行し、その模様を「かくれ蓑」「隠蓑日記」「かくれみの句集」からなる紀行文「かくれみの」にまとめた。漱石夏目金之助は、「平凸凹」という筆名で「かくれみの」に批評文を添えている。(9)

若き日の漱石と子規がこうして漢詩漢文の知識を競い合っていた時期からしばらく時が経過した一八九七年（明治三十年）二月、子規は「月見草」（『子規遺稿』〔第三編 子規小説集〕、俳書堂、一九〇六年〔明治三十九年〕）という小説を執筆している。[10]「月見草」では、肺を病み、須磨に療養する作中人物勝海正美が、浜辺で倒れたときに声をかけてくれた少女を追い求め、何度も浜辺に足を運ぶ場面が描かれている。次は、ある晴れた日の夜に、その少女の姿が正美の目にはっきりと映る場面を語った個所だ。

翌日空うつくしく晴れて日落つるより星一つ二つ輝き初むる頃例の処に行きぬ。在り、在り、女神は既に在り。乳より上を波の上に現して、白き単衣を着たるが汐に濡れたればさながら肉体の如し。髪は振りさばきて後に垂らしたるが端は波に浸りたらん。今しも少女は彼方を向きて静かに沖を見つめ居たるが、東の方雲少し破れて、鏡の如き十六夜の月は少女の胸より上りぬ。平らに幅広き波のふはりと寄せ来る、波は一面にふくれる、少女も波につれて、ふはりと浮く。月は今少女の頭光の如く見ゆ。嗚呼、神、神、よも人間にてはあらじ。（傍点は引用者）

海辺の少女は「女神」や「神」という観念的な存在に例えられ、濡れた白い単衣をまとっているために、あたかも裸体のように見え、正美の視線も少女の身体や乳房へと注がれている。「女神」や「神」として崇拝の対象としながらも、そのまなざしは性的な欲望を含んで少女の身体へと注がれているのである。物理的・心理的に距離のある女性への男性の欲望が、海水浴場で露呈された女性の身体に対する欲望と結び付くという構図は、本章の冒頭で取り上げた「朝野新聞」の記事の構図と似ていると言えるだろう。

実は、右に引用した「月見草」の一節と似たような記述が、写生文という文章法を理論的に説いた子規の「叙事文」（「日本」一九〇〇年〔明治三十三年〕一月二十九日付、二月五日付、三月十二日付）に登場している。「叙事文」は、明治期の写生文という文章様式を考えるうえで避けて通れない記述であり、その趣旨は、「ありのまゝ見たるまゝ」を「模写」することを重視し、「或る景色又は人事を見て面白しと思ひし時に、そを文章に直して読者をして己と同様に面白く感ぜしめんとするには、言葉を飾るべからず、誇張を加ふべからず只ありのまゝ見たるまゝに其事物を模写するを可とす」というところにある。次は、その「叙事文」の模範例の一つとして紹介された文章で、須磨の海辺を描いた記述だ。

それから浜に出て波打ち際をざく〳〵と歩行いた。ひや〳〵とした風はどこからともなく吹いて来るが、風といふべき風は無いので海は非常に静かだ。足がくたびれたまゝにチヨロ〳〵チヨロ〳〵と僅に打つて居る波にわざと足を濡らしながら暫く佇んで真暗な沖を見て居ると点のやうな赤いものが遥かの沖に見えた。いさり火でも無いがと思ひながら見つめて居ると赤い点は次第に大きく円くなつて往く。盆のやうな月は終に海の上に現れた。眠るが如き海の面はぼんやりと明るくなつて来た。それに少し先の浜辺に海が搔き乱されて不規則に波立つて居る処が見えたので若し舟を漕いで来るのかと思ふと見てもさうで無い。何であらうと不審に堪へんので少し歩を進めてつく〴〵と見ると真白な人が海にはいつて居るのであつた。併し余り白い皮膚だと思ふてよく見ると、白い著物を著た二人の少女であつた。少女は乳房のあたり迄を波に沈めて、ふわ〳〵と浮きながら手の先で水をかきまぜて居る。かきまぜられた水は小い波を起してチラ〳〵と月の光を受けて居る。如何にも余念なくそんな事をやつて居る様は丸で女神が水いたづらをして遊んで居るやうであつたので、我は惘然として絵のうちに這入つて居る心持がした。　（傍点は引用者）

子規の「叙事文」は、「言葉を飾るべからず、誇張を加ふべからず只ありのまゝ見たるまゝに其事物を模写するを可とす」と訴えているにもかかわらず、少女はおよそ見ることが不可能な「女神」に例えられ、「誇張」であることを否めない表現形態が採られている。さらには、その「二人の少女」に対する語りは、月夜で「皮膚」と「著物」をかろうじて見分けることができるような視界であるにもかかわらず、「乳房のあたり迄を波に沈め」た身体をことさらに語ることで、セクシュアルな欲望を露呈するような綻びも見せている。つまり、写生文の理論化の端緒と位置づけられる正岡子規の「叙事文」は、「只ありのまゝ見たるまゝに其事物を模写」してはいないのである。「叙事文」が説く理念と模範例として挙げられた文章とのズレの原因は、模範例の対象が海辺という場だったからかもしれない。例えばアラン・コルバンは、「乙女子の存在感――象徴的な存在感――によって、浜辺が魔法の力の充満する領域に変貌し、浜辺と海が強力な性的磁力を帯びる」ような表象がロマン主義期に登場すると指摘しているが、[11]ヨーロッパのロマン主義に見られるような海辺の女性を語るときの表現形式が、この時期の日本の文人たちに共有されていたとも考えられる。というのも、前述したような海辺の女性を語るときの語りの特徴は、子規の記述だけに表れているわけではないからである。ほぼ同年代の小説家・江見水蔭が同じ時期に発表していた小説を見てみよう。

5 江見水蔭『鉄道小説 汽車の友』『避暑の友』

若き日の漱石や子規が房総を旅行し、漢詩漢文の知識を披露し合っていた頃、江見水蔭は尾崎紅葉率いる硯友社の同人として執筆活動をスタートした。水蔭は、明治三十年代（一八九七—一九〇六年）には通俗的な冒険小説を多く発表し、海を舞台とした小説をいくつも手がけている。

当初医療行為として紹介されていた海水浴は、明治三十年代にはより多くのひとびとの間に広まって、レジャーとしての意味合いを強めていた。例えば、一八九九年（明治三十二年）六月に明文社から刊行された医学士高島吉三郎の『海水浴』は、その序文で「海水浴の心身保養に殊効あるは世の斉しく認むる所、然るに之れか指針と成るへき良書に乏しくあたら保養の目的を失却せしむる者多きは著者の常に憾みとせる所なり」としたうえで、医療、健康、身体管理のための海水浴について説明している。多くの海水浴場が開設され、[12] レジャーとしての海水浴へと移行を始めた明治三十年代には、「心身保養」という当初の目的が失われ始めていたために、その医学的意味を再確認する必要があったのだろう。

旅先の情報を伝えるような書物は前近代から多く刊行されていたが、海水浴を含めた西洋近代の

〈避暑〉という行為が、上流階級にリードされながらひとびとに実践されるようになるとともに、そのための情報が用意されるようになっていった。避暑地や旅館を紹介する書物は明治二十年代から出版数が増加し始めたが、これらは避暑という快楽のために消費される書物であり、実際に避暑に赴かずとも、その書物を手に取るだけで想像上の旅行が楽しめるような感覚も喚起した。

そのような状況のなかで刊行された江見水蔭の『鉄道小説汽車の友』（博文館、一八九八年〔明治三十一年〕）、『避暑の友』（博文館、一九〇〇年〔明治三十三年〕）、『海水浴』（青木嵩山堂、一九〇一年〔明治三十四年〕）は、小説のスタイルで旅行や旅行先を案内していくような書物だった。例えば『鉄道小説汽車の友』は、鉄道の移動に伴ってその舞台が西へと移動する二十の短篇小説を集め、さらに鉄道をめぐる読み物や東海道線などの路線を紹介した鉄道案内を付している。乗客が車内でこの本を読むことを想定した作りとなっているのだ。[13] むろん、車内でこの本を読まなかったとしても、想像上の鉄道旅行が味わえることになる。

『避暑の友』の序文も、「避暑に行く人、行かざる人、友として此文集を読み給へよ。（略）若しそれ、銷夏避暑の目的にて、熱の巷を遁れ出で、海水浴か、温泉行か、水の江の辺、山の木の蔭、この書をひもときておわするを、著者の見る時は、直に近寄りて、軽く肩を打ち、語りかくるを無礼なりとな咎め給ひそ。（略）若し又我のあらずとも、涼風は常に読者の肩を打ち、水声は絶えず看客の耳に囁きて、感興を倶にせまくほりする著者の心を、必ずや語り伝へむ」と、読者／消費者を避暑地に誘うだけでなく、そこに添えられた物語が読者／消費者の想像上の避暑を可能にすることを保証している。この書の物語群は、旅行先やその地の旅館を紹介するだけでなく、旅行をさらに

図２　江見水蔭『鉄道小説汽車の友』（博文館、1898年〔明治31年〕）の口絵と、『避暑の友』（博文館、1900年〔明治33年〕）の口絵

心地よいものとするように読者／消費者の空想を刺激しようとするのである。

　つまりこの二つの書物には、旅行中や避暑地での読み物を提供する目的と、小説や、名所絵、山水画に似た写真など（図２）によって避暑地のイメージを形象しようとする目的が入り交じっているのだ。七月に刊行された『鉄道小説汽車の友』、五月に刊行された『避暑の友』、六月に刊行された『海水浴』という刊行月を見ても、いずれも夏という季節を目前にし、避暑の計画を立てようとする消費者を対象にしていたことがわかる。

　水蔭は海水浴に関心があったようで、『避暑の友』の冒頭にも「海水浴」と題された短篇小説が所収されている。「海水浴」のプロットは、白砂浦に五年前から暮らす東京育ちの男が、水泳の得意な一人の

図3　前掲『避暑の友』口絵

女性と出会って競泳をし、その女の泳ぎのうまくなった理由や身の上話を聞き、女が浅草の見世物小屋で働く海女だと知るというものだ。『避暑の友』には「海水浴」の他にも様々な小説や雑文が所収されていて、海水浴場や避暑地の地名や様子がその土地の物語のなかで紹介されている。なかには、避暑地の出来事やその地での女性との出会いを語ったものもある。

また、「雑文」に収められた「沙地浪宅に遊ぶの記」「沙地浪宅遊ばれの記」は、一八九六年（明治二十九年）七月二日、片瀬に住んでいた江見水蔭を尾崎紅葉、巌谷小波、石橋思案、広津柳浪、泉鏡花、柳川春葉、小栗風葉といった硯友社のメンバーが訪れた際の模様を記したもので、そのときに撮影されたと推測される写真（図3）も巻頭に掲載されていて、一行の行楽の様子がうかがえる。このような記事とともに所収された小説は、虚構というよりも、経験談のような印象を与えていくだろうし、そのような雰囲気は『避暑の友』という書物全体を覆っている。

6　『海水浴』の物語構造

『鉄道小説汽車の友』や『避暑の友』の構造は『海水浴』にも及んでいる。『避暑の友』所収の短篇小説「海水浴」で描かれた、海水浴場で美しい海女に出会うというプロットは、単行本の『海水浴』に引き継がれていて、『海水浴』では、片瀬に虚弱を療養に来た主人公野々井光雄男爵が、さる華族の落胤であるお瀧という海女と出会い、様々な困難を経た後、結ばれるというプロットを描く。次に挙げる『海水浴』の「自序」も『避暑の友』の序文を反復したものにすぎない。

> 海水浴に行く人、行かざる人。いづれにしても此書を読むべし。水蔭を好きの人も、好かざる人も、是非に此巻を繙くべし。著者しばらく湘南の漁村に住して。海水浴に浮身を窶し、真黒に五体を焦がしたる男。それが神戸に移りて、新聞の劇務に従事し、須磨明石は猶更、湊川口をすら覗き得ず、暑い〱と口癖にしながら、玉の汗と共に絞り立したるが此編なり　読者必らず同情のあるらむとて。

「海水浴に行く人、行かざる人。いづれにしても此書を読むべし」という自序の記述は、『避暑の友』同様に、海水浴の経験の有無にかかわらず、読者／消費者に海水浴場という場に付随する物語を与えていくことになるだろう。また、『海水浴』の「著者」が「海水浴に浮身を窶し、真黒に五体を焦がしたる男」だという副次的な情報は、この小説が実際の見聞に基づいたものであるような印象を与えていくことにもなる。

このようなたぐいの記述は、『海水浴』の小説のなかにも現れている。例えば、この小説の末尾は、「此以後に関しては、若しこれが通常の小説であつたら、最少し明かに書く事が出来やうが、実は未だ光雄とお瀧との運命は定らぬのである。現に北条の千本の松原に住して居て、熱心にお瀧の教育中。右は筆者が片瀬の蝸居に在る頃、見もし、聞きもした事実を材料としたので、歯搔い個所も沢山有つたらう、其辺は幾重にも御見ゆるしを願ふて。筆を擱くことにする」と結ばれていて、小説に書かれていることが「事実」であるため、その結末を読者に明らかにできないと訴えかけている。

光雄とお瀧の関係を邪魔した満子と三木田医学士の最期に関しても、「鏡ヶ浦に最も恐るべき年に二度のうたりと称する不意の大浪は、三木田医学士と未亡人満子とを捲込んで、沖遥かに引去り、終に二人を溺死せしめた（名前は無論変じてある。しかし某男爵未亡人と某医学士とが、うたりに引かれて溺死した事は、其頃の各新聞に出て詳かだ。しかし、其秘密の罪を秘密に罰せられた事は、誰も知らぬ）」と、やはり物語が〈現実〉のものであることを訴えかけようとする。つまり、海水浴場片瀬を舞台とした物語を見聞録のように語ることで、その場を物語のイメージで覆い、読者／消費者の海水浴場に対する想像力を刺激しようとするのである。

それでは、読者／消費者が片瀬や海水浴場を訪れてみたくなるような、どのような要素が物語のなかに用意されていたのだろうか。物語は読者／消費者にどのような快楽をもたらそうとし、どのように欲望を喚起しようとしたのだろうか。

『海水浴』の物語は、勧善懲悪と家の勢力争いの主題とが入り交じっていて、片瀬の住人であるお瀧をめぐって、野々井光雄とお瀧を手に入れようとする阿久沢猛との争いや、光雄とお瀧が結ばれるのを邪魔する水尾満子、玉枝、三木田医学士たちと光雄との争いを描いている。そのプロットを強く支えているのは都市／地方という空間構造であり、都市生活での鬱屈を海水浴場で解消できるという当時の医学的認識(14)のもとに、都市に居住する華族が地方の海水浴場を訪れている。

海水浴場片瀬の住人たちは、お瀧、お磯（お瀧の母）というその名自体に表れているように、作中人物が〈自然〉のものとして形象されているし、片瀬という地方の海水浴場そのものが、都市生活者たちを解放していく自然の場として位置づけられている。そこに療養に行った野々井男爵は、「此春英国より帰朝して、未だ何の職にも就かぬ」人間であり、いわば近代国家日本の一端を担うために起用されるべき人材で、その職務に耐えるために生来の虚弱を改善しようと片瀬を訪れ、海水浴を試みている。小説には、野々井が海水浴をおこなう場面で、その医療行為としての具体的な方法を記した個所もある。

同時に、海水浴場は、登場人物たちの言動を解放する場としても語られている。例えば、当初いいなずけの関係にあり、ともに片瀬に海水浴にやってきた光雄と玉枝は、「東京に居るとは格別、片瀬では極めて心やすく行来も出来る。光雄から訪ふ事もあり、玉枝から行く事もあり、（略）人間を剝き出して、生地で見れば、長所も知れると同時に欠点も亦分るのである」と語られ、海水浴場が男女の接近を可能にする場となっている。

また、都市／地方の二項対立が作中人物の出自の問題と交えて語られる場合もある。例えばお瀧の幼なじみ秋作は「年の頃二十六七、色は黒く髪は赤く体も能く肉づきて厳畳であるが、其顔に何となく優しい処があつて、漁師船頭の其内では、之等を美男子といふのであらう。けれども此浦の艶福を一人で背負つて立つて居る、野々井男爵の側に置いて見れば、それは雪と炭、大変な相違」と、色白で虚弱な華族野々井光雄との対比によってその身体、出自が表現されている。むろん、この小説の語り手は都市に存する立場から物語を語っており、お瀧と結ばれようとする光雄に対して乱暴をはたらく片瀬の若者たちの野蛮さも、地方に対する語り手の先入観がもたらしたものだろう。

7　出会いと身体

『海水浴』でも、すでに海水浴場は男女の身体への視線が交錯する場として意味づけられていて、「野々井男爵が今海浴と聞くと忽ち、彼方此方より女性の数限りなく集まり来り、せめて其飛沫にても掛け給へよ、彼の君の肌を洗ふた同じ浪に此方の身を浸して見たいなど丶、えらい人気」とあるように、女性たちの欲望が語られている個所もある。むろん、こうした形で語られる女性たちの欲望は男性のそれを反射しているのだが、この小説ではそうした女性たちと野々井との視線の交錯から物語が生まれているわけではなく、海水浴場で生活している地元の女性との出会いのなかから物語が生まれている。その女性お瀧と光雄との出会いは次のように語られている。

女は初めて見るのであるが、年の頃は十六七。これは江の島の弁財天女が、仮に姿を人間にやつして、鮑取のわざをして居るのではあるまいかと思はれる計りの美人。色の白さは言はずもあれ、髪の黒さは説かずもがな。幾人の美しき点のみを選み来りて、それを綜合してモデルとすなる、画家の筆の巧みにも、これ程の美しさは描き出すに難からうと思はれる程。江の島は美人の本地と世の噂の無いでもないが、これ程の優なのがあらうとは、光雄の実に意外とする処で。

目に立つは、それのみで無い。海女には似ぬ品位の高さ、好しや見に古き浴衣を着し、縄の如き細帯を締めて居るとはいへども、賤しき風情が少しもない。或高貴の姫君の今は零落し給ひて、斯くの如しと、小説的に解釈しても、すべての人はうなづく事であらう。


都市から地方の海水浴場に避暑に赴いた主人公野々井がその土地で出会う女性は、色白で黒髪の美人で、「江の島の弁財天女」にたとえられており、海辺で出会った少女を「神」や「女神」にたとえた正岡子規の「月見草」に共通する表現である。同時に、この美しさには「海女には似ぬ品位」も含み込まれていて、この表現が水尾親信の落胤、つまり玉枝の異腹の妹としてのお瀧の出自を暗示させるものになっている。野々井は、海女でありながらも品位と白い肌を備えたお瀧の身体に魅せられ、「江の島は美人の本地」として、都市生活者のまなざしからお瀧を〈自然〉の魅力をもつ女性として捉えたうえで、都市に居住する華族と同様の「品位」をお瀧に見いだすのだ。

一方、野々井のライバル阿久沢は、例えば「然うかい、何んにしても彼の様子では美しさうだ。如何だ。彼の捕つた鮑を総仕舞にして、それから此方が見て居る前で、鮑を取らせるてよな事にしたら」と語り、「涎を垂らさぬばかりにお瀧の顔を見詰め」「お瀧の手をグッと取り「如何だ、船へ

図4　「江の島のアワビとり」（二代歌川広重／二代歌川国貞画）
（出典：豊橋市二川宿本陣資料館編『東海道名所風景』豊橋市二川宿本陣資料館、2006年）

来て酌をして呉れぬか」と言う。阿久沢の捉え方は野々井の捉え方とは異なり、自身と同じレベルの存在としてお瀧に品位を見いだすのではなく、海女の泳ぐ身体を奇異な目で見て、その身体を「涎を垂らさぬばかりに」眺めている。当時の海水浴では女性が泳ぐことはあまりなく、せいぜい海に身体を浸す程度だったので、海女として泳ぐお瀧がこのようなまなざしで捉えられたのだろう。江の島のアワビとりは前近代からこの地の名物だったが[15]（図4）、阿久沢はそのような海女お瀧を、見せ物を見るよう[16]な劣位の存在として所有・征服しようとするのである。

野々井は「弁財天女」にたとえられるような過剰な美をお瀧に見いだすが、阿久沢は海女であるお瀧の美を性的欲望のもとに所有しようとする。このような違いはあるが、いずれにせよ、二人のまなざしには地方の海水浴場で出会った女性への憧憬が含み込まれていると言えるだろう。活発に泳ぐ海女の身体や海女の存在そのものが、都市に住む男性には奇異なものとして映り、男性たちの興味をそそる。そこに野生味あふれる身体とはズレを含んだ肌の白さが並置されると、作中の男性たちの欲望が刺激されるのである。前述したように、『海水浴』は見聞録のような体裁を取っているが、それを考慮すると、こうした表現は読者／消費者に〈自然〉を身に帯びた魅力をもつ者として地方の女性を認識させ、そうした女性たちに対する潜在的な性的欲望を構築していくことになるだろう。

野々井や阿久沢のまなざしから垣間見えるのは、旅先、避暑地での女性との出会いであり、水蔭の『海水浴』が、そのような欲望にかられた男性の読者／消費者を海水浴へ誘おうとする力を含んでいることは言うまでもない。このような力は、本章で取り上げた「朝野新聞」の記事や漱石の「木屑録」、子規の「月見草」にも多かれ少なかれ共通して見られるものだ。とりわけ、「月見草」や『海水浴』のなかで〈文学的〉な記述として精緻に語られた女性の身体は、その物語性のなかに男性の快楽が交えられることで、彼らの海水浴に対する欲望を呼び起こすきっかけを作り出すことになるだろう。そして、その力学は、男性の欲望を内面化することを強いられた女性たちにも及ぶことになるのだ。実践され始めて間もない海水浴をめぐる〈文学的〉な記述は、そうした痕跡を刻み込んでいるのである。

おそらく、こうした物語はすでにありふれたものだという認識が、当時の文人たちにある程度共有されていたのだろう。水蔭の友人で、同じ硯友社のメンバーである石橋思案にもやはり「海水浴」（『筆と紙』博文館、一九〇〇年〔明治三十三年〕）というタイトルの小説があり、その作中人物に「互に思ひ思はれた者が図らず海水浴で遭遇つて、おや貴郎は、といふ談話は、強ち小説や芝居ばかりでも無いからな」という台詞《せりふ》があるが、この台詞はそうした状況を端的に示すものである。前述したような欲望を含み込んだ、夏の海での偶然の出会い、再会は、すでにこの時期には小説や芝居のステレオタイプな物語として言及されているのである。

ただしそれは、夏の海での物語が実際にステレオタイプな物語として世に広まっていたことを示すものではない。こうした物語がステレオタイプなものだという認識が当時の文人たちの間で共有され、その記述のなかでだけ繰り返されていたことも考えられるからだ。その認識は、前述したようなヨーロッパのロマン主義とも関わっているかもしれないが、ここではこれ以上追求しない。明治三十年代、その起源は定かではないが、夏の海辺での物語が物語として自己言及されていること――そこにこそ本章が問題にする「物語の発生」があると考えられるからである。

注

（1）西洋近代の海水浴の広まりについては、前掲『浜辺の誕生』を参照した。

（2）山田登世子『リゾート世紀末――水の記憶の旅』筑摩書房、一九九八年

（3）東美晴「明治期におけるリゾートの形成――海水浴の普及過程に着目して」、社会学部論叢刊行会編「流通経済大学社会学部論叢」二〇〇四年十月、流通経済大学、参照

（4）高野修「江の島海水浴場史」（藤沢市観光協会／江の島海水浴場開設百周年記念行事実行委員会編『江の島海水浴場――開設百周年記念誌』藤沢市観光協会／江の島海水浴場開設百周年記念行事実行委員会、一九八六年）の調査によれば、一八八八年（明治二十一年）の県令第三十四号「水浴場取締規則」の第八条に「婦女ノ為メ特ニ設ケタル浴場ニ於テハ付添人ノ外男子ヲシ混浴セシムヘカラス」

とあるという。

（5）「木屑録」の本文については、夏目金之助『漱石全集』第十八巻（岩波書店、一九九五年）によった。

（6）この議論については、宇佐美圭司「「山水画」に絶望を見る」（「現代思想」一九七七年五月、青土社）、および、それをふまえた柄谷行人「風景の発見」（『定本　日本近代文学の起源』〔岩波現代文庫〕、岩波書店、二〇〇八年）を参照のこと。

（7）加藤二郎『漱石と漢詩――近代への視線』翰林書房、二〇〇四年、参照

（8）齋藤希史「明治の游記――漢文脈のありか」、日野龍夫「明治的漢詩人」、岩波書店文学編集部編『明治文学の雅と俗』（「文学」増刊）所収、岩波書店、二〇〇一年、参照

（9）関宏夫『かくれみの街道をゆく――正岡子規の房総旅行――山はいがいが海はどんどん』崙書房、二〇〇二年、参照

（10）蒲池文雄「解題」、正岡子規『子規全集』第十三巻（小説 紀行）、講談社、一九七六年、参照

（11）前掲『浜辺の誕生』参照

（12）高島吉三郎『海水浴』（明文社、一八九九年〔明治三十二年〕）には、「東京附近海水浴場略案内」として、金沢、横須賀、大津、松輪、三崎、逗子、鎌倉、片瀬、江の島、鵠ヶ沼、茅ヶ崎、大磯、国府津、酒匂、小田原、熱海、戸田、牛臥、我入道、鈴川、清見潟、稲毛、北条、館山、根本、犬吠崎、大洗といった海水浴場が、それぞれの場の特徴、近辺の旅館の名とともに紹介されている。

（13）武田信明『三四郎の乗った汽車』（江戸東京ライブラリー）、教育出版、一九九九年、小関和弘『鉄道の文学誌』（近代日本の社会と交通）、日本経済評論社、二〇一二年、参照

（14）例えば、前掲の高島吉三郎『海水浴』には、「疾病ニアラズシテ所謂ル保養ノ為メニスル者ニシテ

海水浴ノ効験最モ著シキモノヲ列挙スレハ、日常生計上身ヲ役シ心ヲ労スル者、都会ニ在テ新鮮ノ空気ニ乏シク且ツ運動不充分ノ者、例之劇務アル官吏及ヒ会社員、日課ニ苦メラルヽ学生、処女及ヒ新妻ノ婦人、其他人事上ノ関係ニ由リ七情ヲ抑ヘ悶ヲ排スルニ由ナキ者、及ヒ鬱閉無聊ノ境ニ彷徨スル者等是ナリ」とある。

(15) 原淳一郎『江戸の寺社めぐり――鎌倉・江ノ島・お伊勢さん』(歴史文化ライブラリー)、吉川弘文館、二〇一一年、参照

(16) お瀧を目にした徳兵衛は、阿久沢に「浅草の公園へ行くと、木戸が二銭で、中銭無しの、水中の働きてえのを御覧に入れて居りやすが、此方は本場だから面白い段ぢやァありませんぜ」と述べている。江見水蔭『避暑の友』(博文館、一九〇〇年)に所収された「海水浴」でも、海水浴場で「僕」が出会う女性は「浅草の見世物小屋で、多くの人に顔をさらした海女」をしていることになっているが、当時の浅草に海女の見世物があったかどうかは定かではない。ただ、たばこと塩の博物館編『大見世物――江戸・明治の庶民娯楽――開館二十五周年記念特別展』(たばこと塩の博物館、二〇〇三年)では、当時の引き札から、明治前期に大阪の難波新地で「海女の鯉つかみ」という見世物があったことが確認でき、海女が見せ物の対象だったことがわかる。

第2章　明治後期の海辺の物語——口絵と演劇に見るイメージ

1　尾崎紅葉『金色夜叉』

前章で述べたとおり、夏の海水浴場で男女が出会う物語は、海水浴が実践され始めて間もない明治二十年代から三十年代（一八八七―一九〇六年）にはすでに物語なのであり、そこには、その場での女性の身体に対する性的な欲望が内包されていた。ヨーロッパのロマン主義期に登場する表象との関連が推測されるこうした物語の生成は、海辺の女性に対する男性のロマンチシズムの生成と言い換えることもできるだろう。そこには、なかなか手に入れることができない、もしくは、いま／ここに存在しない女性への憧憬がうかがえるからだ。海辺に対するそのようなロマンチシズムのありかたが徐々に一般化し、海辺をロマンチックな場として捉える、現在のわたしたちの感性の一端を支えていると言えるだろう。

ただし、「はじめに」でも述べたように、現在のわたしたちは、男女の出会いを期待させるロマンチックな場としてだけ海辺をイメージしているわけではない。例えば、それは出会いや関係をめぐるドラマチックな場ともなりうるし、その関係を失った傷をセンチメンタルな気分で受け止める場ともなりうるだろう。いわば、海辺に対するロマンチック、ドラマチック、センチメンタルな感覚のいずれもが分かちがたく結び付くことで、現在のわたしたちの海辺に対するイメージの総体を作り上げているのである。

このような海辺に対する感覚を文化史的にさかのぼって考えてみると、『万葉集』の時代から海辺は和歌の題材や舞台として詠われてきており(1)、そこから語り始めることも十分可能だ。しかし、古くから和歌に詠まれたような海辺に対する感性と、現在のわたしたちのそれを同一視することには慎重でありたい。前章でも述べたように、海水浴という西洋近代の概念が海辺という場を覆うようになってからの感性と、それ以前の感性にはいささかのズレがあると考えられるからである。

明治三十年代は、海水浴が医療行為からレジャーへと化していく時期であり、夏の海辺で男女が出会う物語がステレオタイプなものとして生産／再生産され始める時期でもあるが、この頃、偶然にも海辺を舞台とした二つの物語がひとびとの人気を得ている。その二つの物語とは、尾崎紅葉の「金色夜叉」と徳冨蘆花の「不如帰」で、昭和に至るまで幅広く知られていた物語だった。これらは、海水浴場としての海辺を描いているわけではないが、現在わたしたちが海辺に対してもっているイメージの総体を考える一つの材料となりうるのではないだろうか。以下、この二つの物語を主要な材料として、前述したようなイメージが広がっていくプロセスについて考えていきたい。

まず、「金色夜叉」についてだが、この物語での海辺と言えば、あの熱海の海岸の場面が思い浮かぶだろう。熱海の海岸で貫一がお宮を足蹴にするあの場面は、小説を読んでいない人でもどこかで目にしたことがあるはずだ。

「金色夜叉」は一八九七年（明治三十年）一月から「読売新聞」紙上に連載され始めたが、その連載中に『金色夜叉 前編』（春陽堂、一八九八年〔明治三十一年〕）が刊行され、巻頭に武内桂舟の口絵（図５）が添えられた。熱海の海岸の場面は物語の発端程度のものにすぎないのだが、この口絵のイメージそのままに、一九八六年（昭和六十一年）には熱海市東海岸町、国道一三五号沿いに館野弘青作の貫一・お宮のブロンズ像（図６）が建立され、現在でもこの場面が物語を代表するものであることを伝えている。

図５　『金色夜叉 前編』口絵（武内桂舟画）、春陽堂、1898年（明治31年）

この場面の小説本文は次のとおりだ。

「嗚呼、私は如何したら可からう！若し私が彼方へ嫁つたら、貫一さんは如何するの、それを聞かして下さいな。」

木を裂く如く貫一は宮を突放して、

「それじや断然お前は嫁く気だね！是迄に僕が

言つても聴いてくれんのだね。ちえゝ、腸の腐つた女！姦婦!!」

其声と与に貫一は脚を挙げて宮の弱腰を礑と踢たり。地響して横様に転びしが、なか〳〵声をも立てず苦痛を忍びて、彼はそのまゝ砂の上に泣伏したり。

図6　貫一・お宮の像（館野弘青作、筆者撮影）

財力のある富山唯継との結婚に心を悩ませるお宮は、貫一を裏切ったとされ、貫一に足蹴にされる。この場面の他に、貫一とお宮の別れの日として設定されている一月十七日という日付をめぐって発せられた、「可いか、宮さん、一月の十七日だ。来年の今月今夜になつたらば、僕の涙で必ず月は曇らして見せるから、月が……月が……月が……曇つたらば、宮さん、貫一は何処かでお前を恨んで、今夜のやうに泣いて居ると思つてくれ」という貫一の台詞も、かつてはよく知られていた。

現在ではあまり読まれることのない「金色夜叉」だが、最初の「読売新聞」連載時から好評を博しており、大正・昭和に至っても書物の形態を変えて広く読み継がれていった。例えば、一九一五年（大正四年）九月に春陽堂から刊行された縮刷版の『金色夜叉』は一九二四年（大正十三年）には百八十版を重ねている。また、小説本文を収めた書物だけでなく、演劇、新体詩、絵画、浪花節、絵はがき、歌謡、映画といった様々な表現形態を通じてこの物語は流通し、消費されていった。[2]

熱海は「金色夜叉」の舞台になる前から温泉地として有名で、すでに中世には温泉地として開かれていて、湯治目的のひとびとが訪れていた。近世期には徳川家康の来湯や諸大名の湯治が続き、将軍家への献上湯によってさらにその名が広まり、多くの来訪者を集めるようになっている。[3]明治十年代（一八七七―一八八六年）には上流階層の温泉保養地兼避寒地として発展し、明治二十年頃からはそれらの別荘が立ち並ぶようになったという。[4]かなり早い時期から海水浴場を設置している地でもある。

『金色夜叉 前編』では、このような保養地・別荘地としての熱海が物語のなかで用いられ、この物語の広まりが明治時代に熱海の認知度をさらに高めていった。とりわけ、お宮と母親が散歩する梅林や貫一がお宮を足蹴にする浜辺は、熱海の名所として物語の記憶を呼び起こし、二人の内面を感じ取る場として語られていった。以下は、松島生『伊豆新誌』（村上書店、一九〇八年〔明治四十一年〕）が、熱海の名所として梅林を紹介した記述である。

熱海梅林　町の北方にあり、明治十八年横浜の人茂木氏の開いたもので、紅葉山人の金色夜叉に依つて名高くなつた。されば予は境内の光景は同氏の筆にゆづつて敢て禿筆を駆らず。君若し心あらば、此所に来つて此の床几に依り、此花を眺め、宮の心を察し、貫一の思ひを憐み給へ。又此所を辞して、夜に入りては浜辺に立ちて、波の音、松吹く風の調に『姦婦!!』と叫んで弱腰蹴りし貫一、蹴られし宮が、口惜しさ、悲しさを忍び給へ。更に一月十七日の夜となり、月の白く愁ふるあらば、何処の空にか、さ迷ひて、宮を恨める貫一の涙の凝りし雲なるかと、熱き涙を注ぎ、尾崎氏の霊筆をたゝへ給へ。

『伊豆新誌』は一九〇八年(明治四十一年)の刊行だから、このときには「金色夜叉」が「読売新聞」で連載され始めてからおよそ十年、紅葉が「金色夜叉」未完のまま没してから五年が経過していることになる。熱海について記した右の記述では、伊藤博文の提唱のもと、熱海を近代的保養地として整備するために茂木惣兵衛が造成した梅園も(5)、その起源を「金色夜叉」の物語に奪い取られ、貫一を裏切るお宮の内面を追体験する場として紹介されている。熱海の浜辺については、物語のなかで繰り広げられる貫一の台詞とあの足蹴というポーズ、さらには一月十七日の日付といった物語をめぐる情報が自明のものとして共有される形で、その場が意味づけられている。

2 熱海の海岸

「金色夜叉」の物語はすでに述べたように、小説に限らず様々な表現形態の混交によって広まっていったが、なかでも、まだ小説が「読売新聞」連載途中だったとき、つまり物語の全貌が見えない段階でこれを題材として取り上げていたのが演劇だった。小説や演劇に対する当時の評価や感想を調べていくと、やはりあの海岸の場面がかなり早い時期から強いインパクトをもってひとびとに受け止められていたことがわかる。

例えば、一八九八年（明治三十一年）七月に初刊本『金色夜叉 前編』が刊行された際、星月夜という評者は、「金色夜叉畧評」（「読売新聞」一八九八年八月八日付）で「熱海の海岸の場面」が「好箇の段落」だとし、この場面をいち早く評価している。また、日本新演劇団が「金色夜叉」を改変し、海岸の場面も熱海ではなく大阪のひとびとになじみの深い舞子に変更して、同年十月三十一日から大阪歌舞伎座で上演した「汝《おのれ》！」という芝居があるが、[6]これを評した霞の家「大阪歌舞伎畧評」（「大阪朝日新聞」一八九八年十一月十日付）も、「舞子海浜の場にお宮と別るゝ処殊によし　紅葉山人の小説にても此一段最巧妙を極めたる」としている。

こうした認識には、一八九八年（明治三十一年）刊行の『金色夜叉 前編』に添えられた武内桂舟の口絵が多少なりとも関係しているのかもしれない。口絵に描かれた場面は、物語を集約するような求心力をもっているし、「金色夜叉」という物語の受け止め方を方向付けていくと考えられるからである。まして、『金色夜叉 前編』が刊行された当時は、後藤宙外「小説の口絵に就きて」（「新小説」一八九九年（明治三十二年）四月、春陽堂）が、「現今の幼稚なる読者は、口絵の艶美さに釣られて小説を買ふ者も尠なからざるべければ、商略上書肆は俄に極彩色の口絵全廃を断行するの勇気なかるべし」と語るような状況にあった。[7]この口絵は武内桂舟自身も当時の評者もあまり評価しなかったが、[8]その流通が「金色夜叉」という物語イメージの構築の一端を担った可能性はあるだろう。

その後数年が経過し、次に「金色夜叉」が演劇化されたのは、一九〇二年（明治三十五年）二月七日からの愛嬌会新演劇による宮戸座での上演であり、次いで同年六月一日からの新演劇一座による大阪朝日座での上演、そして、〇三年（明治三十六年）六月十四日からの東京座での新派合同演劇による上演が続くことになる。しばしば新派悲劇としての「金色夜叉」の原型と位置づけられているのは大阪朝日座の上演[9]だが、確かにこの時期になると、すでに単行本の前中後篇はもとより、『金色夜叉 続編』（春陽堂、一九〇二年〔明治三十五年〕）も刊行されているので、物語の全体像が比較的つかみやすくなっていたこともそれに関係していると思われる。

あの海岸の場面の重要性は、当時の評者や俳優たちに指摘され続けており、例えば、大阪朝日座の上演を評した新聞記者松崎天民は、「序幕と二幕の三齣は、原作の前篇で、就中海岸月夜の場は、一字一句原作其の儘を用ひ、紅葉子の会話が、如何に好く新演劇に適するかと言ふ事を、今更ながら深く味ひ得せしめた」と述べ、例の「来年の今月今夜」の台詞の際に「満場寂として水を打つた如うに、一人として泣かぬ者はなかつた」のは「原作の対話の至妙[10]」にあるとしている。このとき貫一を演じた秋月桂太郎も、「原作を熟読して見ますに、海岸の条が最も味ひのある処と思ひましたから、秋月は成る可く原作を損ねぬ様にと、其の儘作意の通りに演つた考へです[11]」と、原作での熱海海岸の場を重視している。

大阪朝日座上演と同年の六月二十九日には、「金色夜叉上中下篇合評」（「芸文」一九〇二年〔明治三十五年〕八月、文友館）が日本橋倶楽部でおこなわれた。これは原作を対象とした合評会だが、同様に、「熱海の海岸は実に金色夜叉中の最も重い最も読み映えのある処で景に情あり情に景が伴うて何といふおもしろさで御座いませう」（片町の一女）、「素より前篇では熱海の月夜（略）が入神の文多く得易からぬものである」（星野天知）といった評が見え、一般的にも「人様は皆んな熱海の海岸がいゝと仰しやる」（裁縫に通ふ娘）という見方があったようだ。

紅葉が「金色夜叉」未完のまま没した後もこの物語は大きな存在感をもっていて、門下生だった小栗風葉の『金色夜叉』（尾崎紅葉原著、小栗風葉増補脚色、春陽堂、一九〇五年〔明治三十八年〕）や『金色夜叉 終編』（新潮社、一九〇九年〔明治四十二年〕）といった書物が刊行され、作者の手を離れたところで物語の行方が定められてもいる。演劇化もその後たびたびおこなわれたが、例えば、一九〇六年（明治三十九年）十月十一日からの静間一座による京都明治座上演では、「明治座は熱海の海岸が小説に於ても有名なるだけ此場の客受け尤もよし」（「京都日出新聞」一九〇六年〔明治三十九年〕十月十七日付）、「明治座は海岸の場が大受けにて開場以前よりの入場者多し」（「京都日出新聞」一九〇六年〔明治三十九年〕十月二十一日付）と語られるほどの評判であり、あの海岸の場の重要性と認知度がうかがえる。

前述したように、「金色夜叉」の物語は、原作の小説はもとより、演劇、新体詩、絵画、浪花節、絵はがき、(12)歌謡、映画、テレビドラマといった様々な表現形態のなかで消費され、昭和戦前、ひいては戦後に至るまで、多くのひとびとに共有される物語となった。そこでは、原作の小説を読んでいなくとも、物語の概要が様々な表現形態を通じてひとびとに浸透していくような事態が想定されると同時に、貫一がお宮を足蹴にするあの熱海の海岸の場面が、物語を集約するようなイメージとしてひとびとに受け止められていったことになる。その結果が、現在熱海海岸に設置されている貫一・お宮のブロンズ像だ。

長く読み継がれ、様々な表現形態を通じてひとびとに浸透していった「金色夜叉」の物語を代表するあの海岸の場面は、お宮に対する貫一の怒りの感情が凝縮されたあの足蹴のポーズゆえに、強いインパクトを残すことになった。その結果、舞台になっている熱海の浜辺は、強い感情を露呈する場、あるいは男女の劇的な別れが演出される場としてのイメージを練り上げていったのではないだろうか。この物語がかなり早い段階から演劇化されていたことは、そうした海辺という場のイメージ形成に大きな役割を果たしたと考えられるのである。

3 「不如帰」と憂える女性

明治のベストセラーとして「金色夜叉」と並び称されるのは、一八九八年（明治三十一年）十一月から「国民新聞」に連載され始めた徳冨蘆花「不如帰」である。一九〇〇年（明治三十三年）一月、民友社から単行本が出版されると、〇九年（明治四十二年）には百版を数えるまでになった。「金色夜叉」同様、演劇、新体詩、講談、絵画、浪花節、絵はがき、歌謡など様々な表現形態によって広く流布し、(13) 昭和に至るまで人気を博した近代の物語だ。

単行本巻頭に添えられた黒田清輝の口絵（図7）が象徴するように、この物語の主要な舞台は、結核を患った浪子が転地療養する逗子である。逗子は、一八八九年（明治二十二年）の横須賀線の開通や、九四年（明治二十七年）の葉山御用邸の建設をきっかけとして中・上流階層の別荘地として栄え、小説のなかで片岡家がこの地に別荘を設けるのもそのような動きと呼応している。浪子の父親片岡毅は陸軍中将だが、この地は海軍の要地横須賀に隣接しているため海軍軍人の別荘が多く、東郷平八郎も逗子の新宿浜に別荘を構えていた(14)。

「不如帰」のよく知られた場面として、海辺の別荘で療養する浪子を夫の川島武男が訪れ、二人で逗子の浜辺を散歩し、ともに不動まで歩く場面がある。


「不動まで行きませう、ね――イ、エ些も疲れはしませんの。西洋迄でも行けるわ」

「宜いかい、其れぢや其肩掛《ショール》を御遣りな。岩が滑るよ、さ、しつかりつかまつて来なさい」

武男は浪子を扶け引きて、山の根の岩を伝へる一条の細径を、しば〳〵立ちどまりては憩いつゝ、一丁あまり行きて、しやら〳〵滝の下に到りつ。滝の横手に小さき不動堂あり。松五六本、ひよろ〳〵と崖より秀でゝ、斜めに海を覗けり。

武男は岩を掃ひ、肩掛《ショール》を敷きて浪子を休はし、自己も腰かけて、吾膝を抱きつ。「好い凪だね！」海は実に凪げるなり。近午の空は天心に到るまで蒼々と晴れて雲なく、一碧の海は処々練れる様に白く光りて、見渡す限り眼に立つ皺だにもなし。海も山も春日を浴びて悠々として眠れるなり。

図7　『不如帰』口絵（黒田清輝画）、民友社、1900年

このときの浪子の病状は良好で、二人の内面を映し

出すように、海はなぎ、白く光り、眼に立つ襞もない。「不如帰」の海辺は、確かに浪子の療養先としての意味をもっているが、この二人の散歩の場面からは、浪子と武男の愛が確認されるロマンチックな場として海辺が意味づけられていることがわかる。そして、男女の恋愛の場としての海辺は、その恋愛の相手が不在であるとき、その不在の相手を独り追憶する場へと転化する。「不如帰」の場合は、そこに浪子の病状が投影されることで浪子が眺める海の意味も変化しており、病と武男に対する心情とが重なり合うことで、海辺の心象風景を形作っていくことになるのだ。

それは、夫武男の出征後、かつてともに訪れた不動を、夫との思い出に浸りながら浪子が再び訪れる場面に明らかである。

不動祠の下まで行きて、浪子は岩を払ふて座しぬ。此春良人と共に座したるも此岩なりき。其時は春晴うら〳〵と、浅碧の空に雲なく、海は鏡よりも光りき。今は秋陰暗として、空に異形の雲満ち、海は吾座す岩の下まで満々と湛へて、其凄きまで黯き面を点破する一帆の影だに見えず。（略）

浪子は眼を開きぬ。身は独り岩の上に座せり。海は黙々として前に堪へ、後には滝の音仄かに聞ふるのみ。浪子は顔打掩ひつゝ咽びぬ。細々と痩せたる指を漏りて、涙ははら〳〵と岩に堕ちたり。（略）

さま〴〵の世と思へば、彼も悲しく、此も辛く、浪子はいよ〳〵黝うなり来る海の面を眺めて太息をつきぬ。

黒田清輝の著名な口絵では、海を背景にして、ショールを羽織った浪子が物憂げに岩に座っている。おそらく、口絵はこの引用個所を描いたものと推測されるが、この場面で浪子がショールを羽織っているという記述はない。かつて武男とともに同じ場所を訪れた際も、武男が「岩を掃ひ、肩掛《ショール》を敷きて浪子を休はし」ているので、浪子はショールを羽織っているわけではない。海辺の岩に腰掛ける浪子がショールを羽織っているという記述は、小説本文中には存在しないのである。

したがってこの口絵は、小説本文中の一場面を正確に再現したというよりも、戦地で武男が想起する「雪白の肩掛《ショール》を纏へる病める或人の面影」という、武男の視線を媒介にした浪子のイメージ、あるいは小説全体の記述から抽出される浪子のイメージと、右に引用した、自身の不治の病に思い悩む浪子の姿を融合させたところに成立していると言えるだろう。[15] そのような浪子の姿とその背景に広がっている広大な海、つまり物憂げな浪子が座っている海岸を描いたこの口絵は、肺を病んだ女性に対するロマンチックなイメージ[16]と結び付くことで、「不如帰」という物語、ひいては結核を患った女性のイメージを決定的なものとする表象だったとも言えるだろう。

小説本文では、さらに「不如帰」の海辺は異なった意味を帯びている。海は、思い悩んだ浪子を飲み込んでいくような役割をも果たすことになるのである。

雨と散る飛沫を避けむともせず、浪子は一心に水の面を眺め入りぬ。彼水の下には死あり。死は或は自由なる可し。此病を懐いて世に苦まむより、魂魄となりて良人に添ふは優らずや。良

人は今黄海にあり。仮令遥なりとも、此水も黄海に通へるなり。さらば身は此海の泡と消へて、
魂は良人の側に行かむ。

武男との甘美な記憶が刻まれた逗子の浜辺は、不治の病に打ちひしがれ、さらにその病を理由に離縁を強制された浪子にとってはつらい場所でもある。かつて武男とともに訪れた際、「白く光りて、見渡す限り目に立つ襞だにもなし。海も山も春日を浴びて悠々として眠れるなり」と語られた逗子の海は、「今は秋陰暗として、空に異形の雲満ち、海は吾座す岩の下まで満々と湛へて、其凄きまで黯き面を点破する一帆の影だに見えず」と、季節と色彩とを違えた風景として浪子の目に映る。

ただ、そのような対照性が浪子を死へと誘っていくというよりも、浪子がかつて武男とこの海岸を訪れた際に取り交わした、「死ぬなら二人で！ねエ、二人で！」「浪さんが亡なれば、僕も生きちや居らん！」といった会話の想起こそが、浪子を戦地の海にいる武男との同一化へと誘っているようだ。逗子の海岸という場とともに想起される武男との記憶は、かつて二人で眺めた海を、二人をつなぐ媒介として浪子に意味づけていくのである。浪子を通じて語られる「死は或は自由なる可し」という死への憧憬は、武男との仲を引き裂かれた悲しみから自由になる死への入り口として、逗子の海を浪子に用意するのだ。「不如帰」という物語を集約し、ときにそれに先行しさえする黒田清輝の口絵には、そのような不安が広がってもいる。

4　イメージの伝播

すでに藤井淑禎が指摘[17]しているように、菊池幽芳「己が罪」（「大阪毎日新聞」一八九九年〔明治三十二年〕八―十月、一九〇〇年〔明治三十三年〕一―五月）や、草村北星「浜子」（『浜子』金港堂、一九〇二年〔明治三十五年〕）、菊池幽芳「乳姉妹」（「大阪毎日新聞」一九〇三年〔明治三十六年〕八―十二月）、大倉桃郎「琵琶歌」（「大阪朝日新聞」一九〇五年〔明治三十八年〕一―二月）などの家庭小説は、「不如帰」のなかの設定を模倣するかのように「海辺にての物語」を反復している。家庭小説とは、明治三十年代に流行した女性向けの通俗的な小説だが、藤井によれば、これらの家庭小説に見られる「海辺の悲劇」は〈自然〉の救済と死への誘いという二極によって構成されているという。

とりわけ草村北星の「浜子」は、様々な点で「不如帰」の影響を色濃く帯びていて、[18]その作中人物浜子は浪子と同様、「憂鬱症」とも「ヒステリー」とも語られる病の療養のため稲村ヶ崎の別荘に滞在し、海辺という場と憂鬱という内面が結び付けられた表象のなかにある。浜子を囲む稲村ヶ崎の海は、次のように語られている。

誠に海洋の眺観は、悲みある人、悩みある時、多くの望みを持たぬ場合に、又なく心の慰藉を得さすものである。四六時中間断なく満ち干す潮の、白馬の如く駆り、野牛の如く吽りつゝ、岩に砕け陸に闘うてゐる其状は、何となく苦痛ある胸の奥の奥の緒琴に触れて、何等かの福音を齎らすやうに感じられる。海の勇壮なる活動を見るに、浜子が今の住居は甚だ都合好く出来てゐた、また実際浜子には磯の匂ひするあたり、雪の如く砕けて、乱れ散る飛沫の我袖を濡らす処へ突立つて、人が見たらば気狂ほしくも思ふだらう、我と我身を堅く抱締めて、千態万状、分秒毎に変化し行く波の姿を、我を忘れて見入ることは、之迄に決して少なくなかつたのである。海は浜子が悩みを少時にても忘れしむるに、此上もなきものであった。けれども切りに夢覚むる霜の気の冷たき夜半、彼の松風の枕に通うて、転た涙のこぼるゝ時、遥かに近くこれに和して鞈鞳たる海潮の響は、更に浜子が腸を絞るばかりの惻怛の情を動かさぬであらうか。惩る夜は浜子は嵩じ〳〵て冴え行く神経を鎮むることが出来ないで、黎明に徹することが例となつてゐた。

浜子は、この夜もまた一睡もできず、明け方独りで別荘の近くを「寝巻姿の、上に書生羽織を着流して、しどけなく博多の帯を巻つけ」「束髪の寝乱れ髪の、鬢の毛の頰に散るのを小指を挙げて掻上げながら」さまよい、海を目にする。一九〇二年（明治三十五年）に金港堂から刊行された単行本『浜子』の巻頭に添えられた口絵（図8）は、こうした記述に近い図像となっているが、この口絵も『不如帰』のケースと同じく、小説の記述を厳密に再現しているわけではない。未婚の娘だった頃の面影を表した振り袖姿の浜子が精神を病む現在と混在する形で一枚の口絵に納められることによって、浜子の存在そのものが抽象化され、その情念だけが凝縮された形で表現されていると指摘されている。[19]『不如帰』同様、『浜子』にも、物語の内容全体を集約する抽象的なイメージとして、海辺で憂える女性の口絵が掲載されていることになるだろう。

大倉桃郎「琵琶歌」が描く海辺の意味は重層的だ。「琵琶歌」は、作者が日露戦に出征した兵士だったことから話題になった小説[20]だが、この小説でも海辺という場が重要な役割を果たしている。その海辺は、物語の冒頭で一見ステレオタイプな表象を反復しているように見える。

図8　『浜子』口絵、金港堂、1902年（明治35年）

近隣の人達は、たゞ別荘の姫様と云つて居た。

相模国三浦半島西海岸の浦辺。正面遥かに一刷毛抹つた淡翠の伊豆の天城山、雲から投げた練絹の裳の駿河の富士などを浮べ近くは鋸の歯と露はれた暗礁に、波もつれ鷗飛ぶ景色を控へて、海に近く和洋折衷の別荘に、去年から一個の、うら若い令嬢が来て居る。

朝夕の時々、海際の散歩、庭の面を逍遥する、平御召、黒縮緬の羽織、繻珍の帯の品高い姿を、人々は認めて羨むのであつた。

しかし夜会結艶々しく中高の細面、眉美しく、水も滴る様な黒目勝の眼、睫毛の長いにも、得ならぬ愛を籠めて居るのに、何故か顔の何処となしに、蔽はれぬ愁はしさが、仄見られるので。

海辺の別荘に滞在するこの子爵令嬢菊枝とともに、「眼の清しい鼻のつんとした色白の、二十三四歳の青年紳士」である伯爵御曹子の春麿が登場し、例の海辺の恋愛物語が反復されるかのような予感に満ちた冒頭である。同時に、海辺や庭を散歩する菊枝の表情には「蔽はれぬ愁はしさが、仄見られ」、海辺で憂える女性の姿を感じさせもする。

物語はこの菊枝の「愁はしさ」の理由を語り手が明らかにしないまま進んでいくが、この小説が菊枝と春麿の海辺の恋愛物語ではないことは、冒頭近くに示される、春麿に冷淡な菊枝の態度で明らかになる。つまり、菊枝の「愁はしさ」は、この春麿との関係によるものではない。「愁はしさ」の原因は伏せられたまま、菊枝はこの土地で「新平民」として生きる荒井三蔵と邂逅する。この小説における海辺の物語の一つは、この荒井三蔵の妹里野の物語だ。里野は縁あって鎌倉の材木座に住む教員武田貞次に嫁ぐが、その出自も手伝って舅姑との関係がうまくいかず、再び兄三蔵のもとに戻ることになる。以下は、貞次と里野の別れの場面である。

二人は砂山の上の枯草に坐つたのである。帆の影ばかりが沖の方に白く、若宮小路大町通、夕靄うすく家々を籠め、何処ともなく鐘の音がする。

「夫婦一緒に浜を歩くのも今日限りで暫くは逢へないのだけど、何にしろ気を大きく長閑に持つて丶呉れ、病気なんぞにならない様にね」。と覗込んで、「ねえ別れたら己も淋しい悲しいけれど僅々一里の距離小坪を超せば直なんだ、此浜の浪は逗子の浪に連いて居るのだ、つらいと思ふ時には己は此処へ出て海を眺めるよ、お前も同じ此海を見てると想つて己は眺めるよ」。
と云つて返答はなしに悄然とした里野の様に胸が逼るか、声までが変つて。

別れを前にした二人の会話は海のかたわらで進行し、貞次と里野は、互いを想うときにはこの海を見つめることを約束する。二人にとっての海は別れの場でありながら、「不如帰」と同様に、その後の二人を媒介する場としても意味づけられている。貞次と別れ、実家に戻った里野は次第に精神を病んでいき、貞次との別れ際に約束したとおり、貞次を想いながら海を見つめる。そのときに口をついて出るのが貞次が歌っていた琵琶歌であり、いつしか里野の歌はその近辺での名物の一つとなる。

図9　『琵琶歌』口絵（鏑木清方画）、1905年（明治38年）

一九〇五年（明治三十八年）、単行本『琵琶歌』が金尾文淵堂から出版された際に添えられた鏑木清方の口絵には、浜辺で物思う里野の姿が描かれている（図9）。おそらくこの口絵は、貞次を想い、貞次とつながる海を見つめながら琵琶歌を口ずさむこの場面を図像化したものだろう。里野の姿の右上に配置してあるのは菊枝と三蔵の邂逅の場面であり、けがをした三蔵の手にハンカチで手当てをしている菊枝の姿を描いたものだ。

そして、この小説におけるもう一つの海辺の物語は、菊枝の「愁はしさ」の物語だ。菊枝の父である花浦子爵は妻とは別の女性を家に入れ、それをきっかけにしたお家騒動から菊枝の母親は自害しており、菊枝が逗子の別荘に隠遁しているのもそのような家の事情からだった。菊枝の「愁はしさ」はその悲哀によってもたらされたものであり、子爵令嬢という社会的地位から可能になった別荘への隠遁が菊枝の海辺の「愁はしさ」を生み出している。

つまり、「琵琶歌」という小説は、お家騒動によって海辺の別荘に隠遁した菊枝と、貞次を想いながら海を見つめ、琵琶歌を口ずさむ里野という、二人の女性の海辺の憂鬱によって形作られているのだ。子爵令嬢と「新平民」の娘という二人の海辺の物語は、菊枝と三蔵・里野兄妹との階層差を超えた交流と重なり合って、「不如帰」に描かれたような海辺の憂鬱の物語を単純に反復するのではなく、社会小説的な要素を取り込みながら展開されていくのである。[21]

「琵琶歌」の菊枝が事情を抱えて逗子の別荘に隠遁しているように、海辺の別荘はしばしば逃避と秘匿の場としても意味づけられている。家庭小説の代表作、菊池幽芳の「己が罪」「乳姉妹」に描かれる海辺はまさしくそのような場だ。

例えば「己が罪」には、腸チフスを患った子の正弘とその看病の疲れからヒステリーと診断された母の環の療養のため、一家が房州の根本海浜へ療養に向かう場面があるが、房州は、過去に環と別の男性との間にできた子、玉太郎が養育されている秘匿の場でもあった。物語は、この房州根本で互いを異父兄弟だと知らないまま玉太郎と正弘が出会い、親密になっていくが、甲岩と呼ばれる海岸で二人が荒波に飲み込まれ、死亡するという急展開を示す。「己が罪」での海辺は、療養の場であることを前提としながら、そこに作中人物の運命を左右するような秘密も隠されていて、その秘密が明かされる悲劇と海がはらむ自然の力が起こした少年の死という悲劇によって構成された場となっている。

図10　『己が罪 後編』口絵（武内桂舟画）、春陽堂、1901年

「乳姉妹」でも、侯爵家の子息松平昭信との結婚をもくろみ、華族の令嬢になりすました君江が、かつて結婚の約束を取り交わした男性高浜から逃れるため、常州平磯の海岸にある別荘に療養を装って逃避する。しかし、高浜は君江の行き先を嗅ぎ付け、海岸で君江の虚偽を問い詰め、自分と結婚するよう脅迫する。そして、追い詰められた君江は高浜によって殺害されてしまうのである。「乳姉妹」での海岸は、君江が自身の秘密を守るために逃避する場だが、結果的にその秘密が暴露される場へと反転していく。「己が罪」「乳姉妹」のいずれでも、療養先として設定された海辺で事件が生じ、それが物語の結末へと連なっている。その意味で、海辺が物語の展開上重要な意味を担う場として設定されていることは明

図11　『乳姉妹 後編』口絵（鏑木清方画）、春陽堂、1904年

らかだ。実際、前述した「己が罪」の海岸の場面は、単行本後編（春陽堂、一九〇一年〔明治三十四年〕）の口絵（図10）として、同様に、「乳姉妹」における海岸での高浜の脅迫の場面も、単行本後編（春陽堂、一九〇四年〔明治三十七年〕）の口絵（図11）として描かれていて、この場面への注意を読者に喚起している。

　ここで取り上げた小説は、文学史的にはいずれも家庭小説のジャンルに入るが、華族を中心とした中・上流階層に位置する人物、あるいはそれに欲望する人物を作中人物として設定しているケースが多いためか、物語のなかに海辺などの療養先や避暑・避寒先を設定し、その海辺の場が、物語を急展開させていくドラマ性を内包するという共通性をもっている。そのために口絵の対象として採用されるケースも多いのだろう。「不如帰」がその形成の中心を担った、海辺で憂える女性の表象や死へと誘う海辺のドラマ性は、家庭小説のなかで差異を含みながら反復され、海辺という場のイメージを伝播させていったと言えるだろう。

5　イメージの延命

「金色夜叉」や「不如帰」の物語は、小説本文だけで広まったわけではない。同様に、これらの物語での海辺のイメージも、小説だけによって伝播していったのではない。これはすでに「金色夜叉」で述べたとおりである。「不如帰」の物語も様々な表現形態を通じて伝えられており、演劇だけを見ても、一九〇一年（明治三十四年）二月の高田実一座による大阪朝日座での初演を皮切りに、明治末年までに九十回以上上演されたという。[22]

「不如帰」の初演では、海岸の場面は浪子が武男の出発を見送る別れの場面として設定され、しかもその海岸は逗子ではなく江の島だった。[23]おそらく初演の地が大阪だったことから、あえて知名度が高い江の島の海岸に場が設定されたのだろう。江の島は近世期から名勝としてその名を広く知られているが、逗子は明治に入って開けた避暑地にすぎないからである。[24]

この初演で浪子を演じた喜多村緑郎の後年の回想『芸道礼讃』（二見書房、一九四三年〔昭和十八年〕）によれば、この初演は「不入」だったというが、当時の劇評は決して低くはない。とりわけこの海岸の場面は、「江の島海岸哀別の場は劇中の見所にして観客の同情を惹き満場水を打た様に手巾を湿すも無理ならず」（青めがね「朝日座見物」「大阪朝日新聞」一九〇一年〔明治三十四年〕二月二十五日付）、「江の島海岸哀別の場　これは本劇中の目抜であつた。（略）此の場では満場水を打ツ

図12　「不如帰」記念碑（筆者撮影）

た如くしんみりとして、到処嘘唏の声が聞えてゐた」（「朝日座短評」「大阪毎日新聞」一九〇一年〔明治三十四年〕二月二十一日付）と伝えられるように、観客の感涙をそそった。

一九〇三年（明治三十六年）四月二十四日からの本郷座公演が東京での初演だが、そこでは原作どおり海岸の場面が逗子に設定され、これは以後何度となく上演される新派劇「不如帰」の名場面として定着していった。[25] 浪子と武男の別れを演出するこの海辺の場面は、「不如帰」脚本の定本とも言える柳川春葉脚色『不如帰』（今古堂、一九〇九年〔明治四十二年〕）にも引き継がれている。[26] 演劇化された「金色夜叉」同様、「不如帰」でも別れの場面が海辺に設定され、物語を代表する場面として意味づけられたのである。

前述したように、「不如帰」の物語も演劇だけでなく、新体詩、講談、絵画、浪花節、絵はがき、歌謡、活動写真など様々な表現によって流通することになるが、これらのなかで「不如帰」の物語は逗子の海岸と分かちがたく結び付き、その認知度を高めていくことになった。その結果、逗子の海岸にある浪切不動もいつしか浪子不動と呼ばれるようになり、逗子の観光地化に寄与したし、一九三三年（昭和八年）には「不如帰」の記念碑（図12）が建立されるまでになった。[27]

様々な表現形態によって物語が広がりを見せるのは、「金色夜叉」や「不如帰」の場合だけではない。基本的に家庭小説は演劇化されていく傾向があり、ここで取り上げた小説のなかでも、「己が罪」「乳姉妹」「琵琶歌」は昭和に至るまで繰り返し上演された演目だった。前述したように、「金色夜叉」や「不如帰」の物語を広めた表現ジャンルの一つとして浪花節があるが、例えば、榎本松之助編『新派浪花節』（榎本書店、一九一二年〔明治四十五年〕）には、「不如帰」「乳姉妹」「琵琶歌」「当世五人男」「金色夜叉」「魔風恋風」「女夫波」「己が罪」の浪花節が収められていて、「不如帰」「金色夜叉」では、逗子や熱海の海岸を舞台にしたあの場面が浪花節に作り直されている。

また、演劇に関して言えば、明治三十年代の新派歌舞伎が海岸という場を設定していく傾向があり、演劇それ自体の運動も海辺の物語の生産／再生産を支えているようだ。前掲した喜多村緑郎の回想に、次のような興味深い一節が見える。(28)

ある時代の新派には「海岸」といふものが必ずなければならなかつたやうにさへ考へられてゐたものだつた。――その情景がいかにも劇的要素を多分にふくんで居るせいもあつたが……まづ「金色夜叉」。「己が罪」。「乳姉妹」。「琵琶歌」。「潮」。いつてみれば、壮士芝居の最初の頃の売り物は、「本身の刀の立廻り」に「殴り合ひ」の大活劇。（略）――それからが、「ピストル」。その後が「裁判」、次が「園遊会」。を経て「海岸」といふ順序に進展していつたわけである。

「不如帰」も、そのうちの一つに外ならないのである。

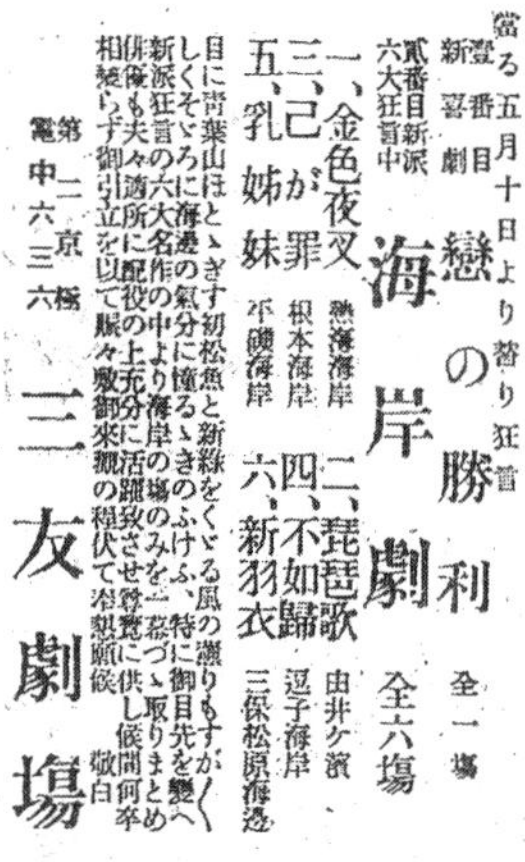

図13　三友劇場「海岸劇」広告
（出典：「大阪朝日新聞」〔京都付録〕1921年〔大正10年〕5月10日付）

喜多村がここに挙げている作品は、海岸を舞台とした新派劇の代表格として長く支持されてきた。京都の三友劇場は、一九二一年（大正十年）五月十日から「新派六大狂言中 海岸劇」として、「金色夜叉 熱海海岸」「琵琶歌 由比ケ浜」「己が罪 根本海岸」「不如帰 逗子海岸」「乳姉妹 平磯海岸」「新羽衣 三保松原海辺」で構成される舞台を上演し（図13）、二三年（大正十二年）十一月二十日からも、木下八百子一派が「金色夜叉」「不如帰」「己が罪」からなる「悲劇名作集 海岸劇」を上演している。「海岸劇」と名指されるような認識が、大正末期に至ってもまだなお一つの類型として維持されていたのである。

こうしてみると、明治三十年代に発表されていた家庭小説が、海辺に与えたドラマ性には根深いものがあると言えるだろう。「金色夜叉」の熱海にしても、「不如帰」の逗子にしても、もともとは明治期に中・上流階層の避暑地・保養地として発展したわけだが、そのような場に対する想像力が劇的な場としての海辺の表象を生み出し、様々な表現を通じた物語の受容を通じて、イメージとしてひとびとの間に広がっていったのである。それは、大正末期に「海岸劇」という類型を生むほどのものだった。

「金色夜叉」での熱海海岸の場面に見られるドラマチックなイメージ、あるいは、「不如帰」の浪子が逗子海岸で独り物思うようなセンチメンタルなイメージ、そして、後続の家庭小説によるそれらのイメージの反復、さらには、演劇など他の表現形態によるこれらの物語の広まり――こうしたプロセスのなかで、ドラマチックでセンチメンタルな場として海辺を捉える感性が育まれていったのではないだろうか。とすれば、かつてほど認知度をもたなくなった「金色夜叉」や「不如帰」、まったくと言っていいほど読まれなくなった家庭小説が担った意義は、決して小さいものではないだろう。

さらに、「金色夜叉」や「不如帰」、家庭小説に見られるドラマチックでセンチメンタルな海辺のイメージは、男女の出会いや再会をもたらすロマンチックな海辺のイメージとも連なっていると言えるだろう。これらの物語では、感情をむき出しにした男女の壮絶な別れや憂鬱を抱え込んで物思うような孤独が海辺という場で表されているが、これらの物語に漂うドラマ性、センチメンタリズムも、結局は恋愛の場としての海辺のイメージと深く結託して発動されているのである。男女の出会いを期待させるロマンチシズムは、その出会いの偶然性が強調されればドラマチックにもなるだろうし、出会いや恋愛が実らなければ容易にセンチメンタリズムに転化するだろう。そのような意味で、これらの海辺に対する感性は通底しているのだ。

むろん、前章で述べた海辺のロマンチシズムについても、またそれをドラマチック、センチメンタルな場として捉えていく感性についても、それらが西洋近代を受け入れ始めた明治期にすべて作り上げられたものだと断言するつもりなど、毛頭ない。それ以前に、海辺という場に対してひとびとがもっていた感性ももちろん存在するだろうし、前章や本章で扱った多くの物語や表象とそれらとの交錯が問われるべきだろう。ただ重要なのは、現在のわたしたちが海辺という場に対してもっている感性や認識と、明治三十年代からひとびとの間に広まった物語が表象するそれとの、相対的な近似性なのである。「金色夜叉」や「不如帰」、本章で扱った家庭小説群はその痕跡を刻んでいるのだ。

注

（1）前掲「万葉人たちのうみ」、池田富蔵「中世における海の歌――「新古今集時代」を中心に」、前掲『文学における海』所収、参照

（2）このパラグラフについては、関肇『新聞小説の時代――メディア・読者・メロドラマ』（新曜社、二〇〇七年）を参照した。また、本章は関のこの研究を土台としている。

（3）熱海市史編纂委員会編『熱海市史』上、熱海市、一九六七年、神崎宣武『江戸の旅文化』（岩波新書）、岩波書店、二〇〇四年、松田忠徳『江戸の温泉学』（新潮選書）、新潮社、二〇〇七年、参照

（4）熱海市史編纂委員会編『熱海市史』下、熱海市、一九六八年、参照

（5）同書参照

（6）前掲『新聞小説の時代』によれば、「汝！」は岩崎蕣花の脚本で、原作の自由な改変が可能になったのは、当時の大阪ではまだ「金色夜叉」が十分な知名度をもっていなかったためだという。

（7）岩切信一郎「近代口絵論――明治期木版口絵の成立」（「東京文化短期大学紀要」第二十号、東京文化短期大学、二〇〇三年）は、「文芸倶楽部」（博文館）や「新小説」（春陽堂）に口絵が添えられた

一八九五年（明治二十八年）から一九一四年（大正三年）頃までを「「近代口絵」の隆盛期」と捉えている。

（8）武内桂舟はこの口絵に対して、「大失策で、実に赤面の至り」「お化のやうなもの」（「声咳録（一）武内桂舟氏の談話」「新小説」一八九八年〔明治三十一年〕十一月、春陽堂）と語っている。「金色夜叉上中下篇合評」（「芸文」一九〇二年〔明治三十五年〕八月、文友館）でも、「画の具家の倅」という評者が「金色夜叉の口絵は、前中後三冊ともに極めて拙い」とし、武内桂舟の口絵は「極めて区域が狭く見えて、本文の「浪は漾々として遠く烟り、月は朧に一湾の真砂を照して、空も汀も淡白き中に、立尽せる二人の姿は墨の滴りたるやうの影を作れり」とあるのに合つて居ない。さうして人物の気組も乏しく、宮の年がフケて居るのみならず、全体の配色が誠に安つぽいやうに思はれる」としている。星野天知も、この合評で「前篇の挿絵は首肯が出来ない、松林もいやなら宮の描き方は最も俗臭がある、大に本文を損ずるやうである」と、桂舟の口絵に対して不満を明らかにしている。

（9）真銅正宏『ベストセラーのゆくえ――明治大正の流行小説』翰林書房、二〇〇〇年、前掲『新聞小説の時代』参照

（10）松崎天民「劇としての『金色夜叉』（朝日座の新演劇）」「小天地」一九〇二年〔明治三十五年〕七月、平凡社

（11）秋月桂太郎「劇としての『金色夜叉』に就いて（新俳優苦心談）」同誌

（12）絵はがきは明治三十年代半ばから流行し、「金色夜叉」の絵はがきもそれに乗ったものだろう。「絵はがき金色夜叉」（「読売新聞」一九〇五年〔明治三十八年〕七月十日付）には、小栗風葉が「金色夜叉」の絵はがきを取り寄せたことが記されているが、六枚組みのそのなかの一枚はやはり熱海海岸だったようだ。同年六月二十二日付の「都新聞」にも「金色夜叉絵はがき」の記事がある。

(13) 佐藤勝「『不如帰』の位置――明治三十年代の文学・その二」、東京女子大学創立五十周年記念論文集刊行会編『東京女子大学創立五十周年記念論文集 日本文学編』所収、東京女子大学学会、一九六八年、前掲『新聞小説の時代』参照

(14) 『逗子市史――通史編 古代・中世・近世・近現代編』逗子市、一九九七年、参照

(15) 鈴木幹「徳冨蘆花と黒田清輝――小説『不如帰』口絵「浪子」の依頼をめぐって」(神奈川近代文学館ほか編『「湘南の文学と美術」展』所収、県立神奈川近代文学館/神奈川文学振興会/平塚市美術館、一九九三年)によれば、黒田清輝の口絵「浪子」は、黒田が第三回白馬会に出品していた「物淋し」(のちに「寂寥」と改題)のイメージを参考に、蘆花が黒田に口絵を依頼したものだという。ここでは、そうした口絵成立の経緯よりも、口絵の図像と小説本文との関係、および口絵のイメージがもたらす効果のほうを重視している。

(16) この点については、福田眞人『結核の文化史――近代日本における病のイメージ』(名古屋大学出版会、一九九五年)を参照のこと。

(17) 藤井淑禎『不如帰の時代――水底の漱石と青年たち』名古屋大学出版会、一九九〇年、参照

(18) 石川巧「〈教科書《イデオロギー》〉としての家庭小説――草村北星『浜子』考」「敍説」一九九四年七月、小山書店、参照

(19) 同論文参照

(20) この経緯については、紅野謙介『投機としての文学――活字・懸賞・メディア』(新曜社、二〇〇三年)を参照のこと。

(21) 同書参照

(22) 前掲『新聞小説の時代』参照

(23) 甲斐一郎「劇と文学の調和——高田一座の『不如帰』「小天地」一九〇一年（明治三十四年）二月、平凡社、参照

(24) 越智治雄『鏡花と戯曲——文学論集三』（砂子屋書房、一九八七年）も、江の島海岸に設定された理由を「単純に景勝の地として選ばれたのかもしれない」と述べている。

(25) 同書参照

(26) 浪子の「早く帰つて頂戴な」という台詞に代表されるような、見送りの場面を海岸に設定することについて、前掲『新聞小説の時代』は、「その無限の彼方に開かれた空間が、世間とは次元を異にするロマンチックな情趣を喚起する」と指摘している。

(27) 前掲『逗子市史』参照

(28) 喜多村緑郎『芸道礼讃』二見書房、一九四三年（昭和十八年）、参照

第3章　男たちの海辺——文学作品から感性を読む

1　海辺の三角関係

「はじめに」で述べたように、本章は、様々な表現を材料として海辺のイメージを探るという本書の目的からやや逸脱し、小説の読解に入り込みすぎているところがあるため、読みづらい部分があるかもしれない。本章で主に扱うのは、「彼岸過迄」(「東京朝日新聞」一九一二年〔明治四十五年〕一—四月)、「行人」(「東京朝日新聞」一九一二年〔大正元年〕十二月—一九一三年〔大正二年〕十一月)、「こゝろ」(「東京朝日新聞」一九一四年〔大正三年〕四—八月)といった、夏目漱石の後期三部作と言われる小説群である。漱石の小説は、もともと当時の新聞に掲載されていた新聞小説なので、必然的に多くのひとびとの目にふれていたことになるが、イメージを伝えるための単なる素材として扱うには、やはりその表現は濃密でありすぎる。それが小説の読解に入り込みすぎた要因だろう。

したがって、本章では最初に要点を述べておくことにする。まず、前章で扱った、海辺を男女の別れの場や女性の憂鬱を表現する場として意味づけ、ドラマチック、センチメンタルな感覚を喚起していくような通俗的表現を、漱石の「彼岸過迄」は相対化しているということである。また、漱石の小説に特徴的な構造から、男同士の絆を確認する場としての海辺のイメージを抽出することができること、それは男女の出会いや恋愛の場としてのロマンチックな海辺のイメージとコインの表裏のようなものだということ、さらに、「行人」の文学表現はそれを逸脱するような要素も含んでもいるということである。

以上の点について、小説の粗筋や表現を紹介しながら具体的に述べていきたい。まずは「彼岸過迄」である。

「彼岸過迄」には「須永の話」という章があり、そこでは実業家・田口が所有する鎌倉の別荘を須永とその母が訪れ、避暑をともにする場面がある。田口の娘・千代子と須永は幼なじみで、ある事情から須永の母は千代子と須永の結婚を望んでいるのだが、須永にはあまりその気はない。鎌倉避暑旅行の場面では、そうした須永と千代子の間にイギリス帰りのエリート高木が入り込むことで三角関係を形成し、須永の嫉妬が喚起されることになる。つまりこの場面では、男女の恋愛の場としての海辺のイメージを利用しながら、漱石の小説に特徴的な三角関係の物語が繰り返されていることになるだろう。

この場面は、しばしば指摘されているように(1)、高木が千代子を欲望していると考えた須永のなかに千代子に対する欲望が生じ、嫉妬の感情を引き起こすという意味で、ルネ・ジラールが言うような「《三角形的》欲望(2)」をなぞっている。言い換えれば、第三者が欲望するものが主体的な欲望として表れる構図のことだ。第三者である高木の出現によって須永の内部にそれまでは存在しなかった欲望が表出する場面として、海辺という場が設定されているのである。

むろん、「彼岸過迄」という物語の特質は、須永の欲望がその内面に収束していくところにあり、この須永の欲望の表出そのものが問題なわけではない。注意すべきは、この高木・千代子・須永の三角関係を描いた鎌倉避暑旅行が、須永の視点から次のように捉えられている点である。

此細い石段を思ひ〳〵の服装をした六人が前後してぞろ〳〵登る姿は、傍で見てゐたら定めし変なものだつたらうと思ふ。其上六人のうちで、是から何をするか明瞭した考へを有つてゐたものは誰もないのだから甚だ気楽である。肝心の叔父さへ唯船に乗る事を知つてゐる丈で、後は網だか釣りだか、又何処迄漕いで出るのか一向弁別へないらしかつた。百代子の後から足の力で擦り減されて凹みの多くなつた石段を踏んで行く僕は斯んな無意味な行動に、己を委ねて悔いない所を、避暑の趣とでも云ふのかと思ひつゝ上つた。同時に此無意味な行動のうちに、意味ある劇の大切な一幕がある男と女の間に暗に演ぜられつゝあるのでは無からうかと疑つた。さうして其一幕の中で、自分の務めなければならない役割が若し有るとすれば、穏かな顔をした運命に、軽く翻弄される役割より外にあるまいと考へた。最後に何事も打算しないで唯無雑作に遣つて除ける叔父が、人に気の付かないうちに、此幕を完成するとしたら、彼こそ比類のない巧妙な手際を有つた作者と云はなければなるまいといふ気を起した。僕の頭に斯ういふ影が射した時、すぐに後から跟いて上つて来る高木が、是ぢや暑くつて堪まらない、御免蒙つて雨防衣《レインコート》を脱がうと云ひ出した。

須永母子を鎌倉に誘ったのは千代子だったが、もともと須永は気が進まず、母親を一人で汽車に乗せるのが心配だという理由でこの旅行に同行したのだった。須永が高木も鎌倉に遊びにきていることを知ったのは、千代子らの別荘に到着してからのことである。

この引用個所では、高木が鎌倉で田口一家と行動をともにする状況のなかに、田口夫妻が高木を千代子の結婚相手として須永母子に披露するという意図を読み取ろうとする須永の疑心が背景化されている。(3) 須永は嫉妬心からか、「無意味な行動」に「避暑の趣」を見いだす方向へと気分を転じ、そこに「ある男と女の間」、すなわち高木と千代子の間の「劇」を読み取ったうえで、その「劇」での自身の役割を「軽く翻弄される役割」と位置づけていく。さらに、その疑いは叔父・田口にも向けられ、この状況を用意した叔父の作為を想像し、叔父は「劇」の「作者」に例えられている。

2　「劇」への自己言及

こうした須永の疑いの真偽については知る由もないが、重要なのは、海辺での高木・千代子・須永の三角関係が、須永の認識の枠組みのなかで「劇」ということばで捉えられている点である。須永は、単に三角関係を「劇」として捉えているのではなく、この「劇」が海辺でなされていることに意味を感じている。それは、みんなより一足先に鎌倉を去った須永が、帰京する汽車のなかで、この出来事を次のように回想するところを見ればよりわかりやすい。

僕は強い刺戟に充ちた小説を読むに堪へない程弱い男である。強い刺戟に充ちた小説を実行する事は猶更出来ない男である。僕は自分の気分が小説になり掛けた刹那に驚いて、東京へ引き返したのである。だから汽車の中の僕は、半分は優者で半分は劣者であつた。比較的乗客の少い中等列車のうちで、僕は自分と書き出して自分と裂き棄てた様な此小説の続きを、色々に想像した。其処には海があり、月があり、磯があつた。若い男の影と若い女の影があつた。始めは男が激して女が泣いた。後では女が激して男が宥めた。終には二人手を引き合つて音のしない砂の上を歩いた。或は額があり、畳があり、涼しい風が吹いた。二人の若い男が其処で意味のない口論をした。それが段段熱い血を頬に呼び寄せて、終には二人共自分の人格に拘る様な言葉使ひをしなければ済まなくなつた。果は立ち上つて拳を揮ひ合つた。或は……。芝居に似た光景は幾幕となく眼の前に描かれた。僕は其何れをも嘗め試みる機会を失つて却て自分の為に喜んだ。人は僕を老人見た様だと云つて嘲けるだらう。もし詩に訴へてのみ世の中を渡らないのが老人なら、僕は嘲けられても満足である。けれども若し詩に涸れて乾びたのが老人なら、僕は此品評に甘んじたくない。僕は始終詩を求めて藻掻いてゐるのである。

須永は、海辺での三角関係の出来事を「小説」として想像していく。しかもその「小説」は、

「海」「月」「磯」を背景とし、浜辺を若い男女が歩き、おそらくはその女性をめぐって若い男性二人が口論をしたうえで互いに殴り合うというもので、そうした想像力はやはり「芝居に似た光景」と捉えられていく。

この須永の想像力は、尾崎紅葉「金色夜叉」の熱海海岸の場面と重ね合わせることができるだろう。「金色夜叉」の熱海海岸で繰り広げられる間貫一・鴨沢宮・富山唯継の三角関係は、貫一と富山が殴り合うような場面こそないものの、富裕な富山に対する貫一の嫌悪によって支えられている。とりわけ、「海」「月」「磯」といった語の連なりによって喚起されるこの海岸のイメージは、何度も上演された「金色夜叉」の演劇によって形作られているからこそ、須永の想像力はこれを「芝居に似た光景」と認識するのである。

このように、海辺での三角関係は、「劇」や「小説」「芝居に似た光景」といった認識の枠組みのなかで須永に捉えられているが、同時にこのことは、男女の恋愛の場としての海辺のイメージやその場をめぐる物語に対する須永の距離をも表している。須永の語りのなかで、海辺での三角関係が右のような認識の枠組みによって捉えられているということは、それらが海辺にまつわる物語であるとの認識の上に立った、須永と出来事との距離を内包していることを示しているのである。簡潔に言えば、須永は自身の目の前で起こった出来事を、「劇」や「小説」「芝居に似た光景」ということばで捉えて相対化しているということだ。

そうであるがゆえに、須永は「劇」における「自分の務めなければならない役割」を「穏かな顔をした運命に、軽く翻弄される役割」と自己言及し、「自分の気分が小説になり掛けた刹那に驚いて、東京へ引き返した」のである。須永が出来事を「劇」や「小説」「芝居に似た光景」といった認識の枠組みで語り、それらへの依拠を自己言及するということは、それらを物語として相対化し、自身がその物語の内部にとどまっていないことを表すものだろう。

また、「千代子と僕に高木を加へて三つ巴を描いた一種の関係が、夫際発展しないで、其中の劣敗者に当る僕が、恰も運命の前途を予知した如き態度で、中途から渦巻の外に逃れたのは、此話を聞くものに取つて、定めし不本意であらう」という須永の語りは、須永から鎌倉避暑旅行の話を聞いている聴き手の敬太郎の期待を先取りし、敬太郎が期待するような物語には収斂しないことに対する自己言及であるとも言える。

「彼岸過迄」には、そうした海辺の物語に対する一定の距離が描かれているが、一方でそれらに対峙するものとして須永が求めているのは「詩」だという。偶然にも、その「詩」もまた、海辺という場との関係のなかで生じたものだった。

3　須永の手紙

自分と母が実の母子ではないこと、自分は家で雇っていた女中の子だったことを知った須永は、大学の卒業試験を終えた後、一人旅に出る。そして旅先から信頼する叔父・松本へと手紙を送るのだが、その手紙のなかにこそ須永が求める「詩」の要素が紛れ込んでいるのではないだろうか。以下は、明石から松本に送られてきた須永の書簡だ。

『昨夕も手紙を書きましたが、今日も亦今朝以来の出来事を御報知します。斯う続けて叔父さんに許手紙を上げたら、叔父さんは屹度皮肉な薄笑ひをして、彼奴何処へも文を遣る所がないものだから、已を得ず姉と己に対して丈、時間を費して音信を怠らないんだと、腹の中で云ふでせう。僕も筆を執りながら、一寸さういふ考へを起しました。然し僕にもしそんな愛人が出来たら、叔父さんはたとひ僕から手紙を貰はないでも、喜んで下さるでせう。僕も叔父さんに音信を怠つても、其方が幸福だと思ひます。実は今朝起きて二階へ上つて海を見下してゐると、さういふ幸福な二人連が、磯通ひに西の方へ行きました。是は殊によると僕と同じ宿に泊つてゐる御客かも知れません。女がクリーム色の洋傘を翳して、素足に着物の裾を少し捲りながら、浅い波の中を、男と並んで行く後姿を、僕は羨ましさうに眺めたのです。波は非常に澄んでゐるから高い所から見下すと、陸に近いあたり抔は、日の照る空気の中と変りなく何でも透いて見えます。泳いでゐる海月さへ判切見えます。宿の客が二人出て来て泳ぎ廻つてゐますが、彼等の水中で遣る所作が、一挙一動悉く手に取る様に見えるので、芸としての水泳の価値が、大分下落する様です。(午前七時半)』

『今度は西洋人が一人水に浸つてゐます。あとから若い女が出て来ました。其女が波の中に立つて、二階に残つてゐるもう一人の西洋人を呼びます。『ユー、カム、ヒヤ』と云つて英語を使ひます。『イツト、イズ、ヹリ、ナイス、イン、ウオーター』と云ふ様な事を連りに申します。其英語は中々達者で流暢で羨ましい位旨く出ます。僕は到底も及ばないと思つて感心して聞いてゐました。けれども英語の達者な此女から呼ばれた西洋人は中々下りて来ませんでした。女は泳げないんだか、泳ぎたくないんだか、胸から下を水に浸けた儘波の中に立つてゐました。すると先へ下りた方の西洋人が女の手を執つて、深い所へ連れて行かうとしました。女は身を竦めるやうにして拒みました。西洋人はとう〳〵海の中で女を横に抱きました。女の跳ねて水を蹴る音と、其笑ひながら、きやつ〳〵騒ぐ声が、遠方まで響きました。(午前十時)』

(傍点は引用者)

これらの須永の記述は、これまでに述べてきたような海辺の物語にとらわれることをなるべく回避しようとするところに成立している。女性に視線が向けられた「午前七時半」のほうの記述に須永の欲望を見いだすことは容易だが、ここでは、海辺を歩く幸福な男女が「劇」や「小説」「芝居に似た光景」といったことばで表されるような、海辺をめぐるあの認識の枠組みのなかで捉えられているというよりも、「羨ましさうに眺めた」という自己を語ることで、海辺の男女をうらやむ自己を対象化する記述になっている。

というのも、海辺の男女は、後に続く、澄んだ「波」「泳いでゐる海月」、二人の「宿の客」の「水泳」といった事象と並列して記されていて、男女から想起されるあの海辺の物語だけが須永の記述のなかで特権的に扱われているわけではないからだ。そのような意味でこの記述は、「劇」や「芝居」「小説」といった枠組みのなかで捉えられていた鎌倉避暑旅行に対する語りとはいささか異なったレベルの要素を生み出していると言えるだろう。「午前十時」のほうの記述でも、海辺で戯れる「西洋人」と「若い女」との関係は、「劇」的な認識の枠組みを用いて詮索されることはなく、英語の発音や水の音、声へと関心が向けられ、眼前に繰り広げられる出来事を列挙することにその比重が置かれている。また、これら二つの記述は、末尾に時刻が記されていることからわかるように、須永が観ることと記すことを同時並行的におこなうことによって可能となったものであると推測される。

須永は続けて松本宛ての書簡に次のように記している。

僕がこんな煩瑣しい事を物珍らしさうに報道したら、叔父さんは物数奇だと云つて定めし苦笑なさるでせう。然し是は旅行の御蔭で僕が改良した証拠なのです。僕は自由な空気と共に往来する事を始めて覚えたのです。こんな詰らない話を一々書く面倒を厭はなくなつたのも、つまりは考へずに観るからではないでせうか。考へずに観るのが、今の僕には一番薬だと思ひます。

「始終詩を求めて藻掻いてゐる」須永は、卒業試験後に一人旅を試み、その結果自意識を持て余す自分の性格を改良し、「自由な空気と共に往来する事」を獲得したという。その証拠として、先に引用した「午前七時半」と「午前十時」といった記述が示されているが、このことから、須永が求める「詩」と、この記述から還元されるような須永の態度とは近い関係にあるものと考えることができるだろう。「強い刺戟に充ちた小説」や「劇」的な認識の枠組みに対して心理的距離を保つ須永がもがきながら求め続けている「詩」の可能性は、「彼岸過迄」の物語のなかでは、右のような記述を可能にする態度の他には見いだしえない。

そしてこの記述は、須永が松本に書き送った手紙の文言を借りれば、須永が「考へずに観る」ことを実践した結果であり、須永はこの旅行によって「考へずに観る」ように自身を改良できたのだという。須永の、「詩に訴へてのみ世の中を渡らない」「老人」の位置に身を置くことと、こうした記述を可能にする「考へずに観る」こととは、類似した態度だと言えるだろう。

ちなみに、須永のこの「考へずに観る」ことによる記述は、写生文的な記述として捉えられるケースが多い[4]。漱石の「写生文」（「読売新聞」一九〇七年〔明治四十年〕一月二十日付）によれば、写生文とは「大人が小供を視るの態度」「両親が児童に対するの態度」によって可能になり、「大人が小供を視る」ようなゆとりや余裕こそが写生文的記述には不可欠な要素だという。「考へずに観る」ことに支えられた、須永のこの記述に写生文の要素を認めるならば、須永は一人旅によってゆとりや余裕を獲得し、自己を回復したとも読める。

ただし小説のなかでは、須永は大学で法律を学んだ人物であり、普段からあまり小説を読まないだけでなく、小説家というものをばかにしていて、文学好きの友達の言うことにもまったく心を動かさない人物として描かれているため、「彼岸過迄」の物語のなかで、須永の手紙に写生文的な要素を直接読み取っていくことは難しい。重要なのは、そこに写生文という要素を見いだすことではなく、第2章で述べたような劇的な場としての海辺が、須永によって自己言及的に相対化されていること、そしてその延長上にあるものとして、須永の「考へずに観る」という態度から可能になった記述が示されていることである。それはいずれも須永による「詩」の追求の結果だろうが、文学に関心のない須永にとっての「詩」が、文学表現の一ジャンルとしての「詩」でないことは確かだ。

言い換えれば、海辺をめぐる「劇」的な認識の枠組みが須永の視点から自己言及的に相対化されたうえに、明石の海辺の風景が、その認識の枠組みによって捉えられるような情景でありながらも、「考へずに観る」ことによってその枠組みを無効化するような記述を可能にしている点にこそ、「彼岸過迄」における海辺の表象の意義があるのである。海辺の物語が物語であると自己言及していくこと、そして海辺を「考へずに観ること」が、ひとびとの間に広まっていた海辺の物語からの距離を獲得しているのだ。

4　島崎藤村『春』の口絵

「彼岸過迄」は、「行人」「こゝろ」とともに漱石の後期三部作にまとめられ、連続した主題をもつという一般的な見方があるが、この後期三部作に共通して海辺という場が設定されているという指摘はあまりない。前述したように、「彼岸過迄」の海辺は、須永によって自己言及的に相対化される劇的な場であり、「考へずに観ること」で可能になった自己回復の場として描かれているが、「行人」や「こゝろ」の海辺は、男性同士の親密な関係が示される場として描かれている。これは漱石の小説の特徴であると同時に、近代の青年同士の関係が海辺という場を借りて表象されているとも言えるし、当時の青年をめぐる認識が作り上げた表象と言っていいかもしれない。

島崎藤村の「春」（「東京朝日新聞」一九〇八年〔明治四十一年〕四―八月）に次のような一節がある。

海には幸の多い日であつた。鉤に懸つた鰹は、婦女や子供の群に引かれて、幾尾となく陸へ上つた。

斯の光景を眺め乍ら、暫時二人はそこへ足を投出して、暖い心地の好い砂を身体に塗りつけた。甲羅を干す積で岸本は這倒つて見たが、首を傾げると、耳から汐水が流れて出る。同時に、両国の河岸でよく泳いだこと、家を飛出して最早九ケ月に成ること、奥州のはてまでも遠く旅したことなぞを思出す。青木は自分で自分の膝頭を抱いて、不調和な社会に倦み疲れたやうな眼付をした。終には、其の膝頭へ額の着くばかりに重苦しい頭を垂れた。而して、熟と目を瞑つて、岸に砕ける浪の音を聞いた。（傍点は引用者）

「春」は、一八九三年（明治二十六年）創刊の文芸誌「文学界」（文学界雑誌社）に集った同人たちをモデルに、藤村の青年時代を回顧した自伝的小説だと言われ、右の引用に登場する青木は北村透谷を、岸本は藤村をモデルにしているとされる。そしてこの場面は、一九〇八年（明治四十一年）十月に上田屋からこの小説が単行本化された際に、和田英作の口絵（図14）として描かれた場面でもある。

妻である操が娘の鶴子を一緒に海に連れていくよう青木に頼むが、青木は泣き慕う鶴子の声を聞き捨てて、逃げるように友人の岸本と海へ向かう。二人が海でひとしきり泳いだ後、浜辺で体を休めているとき、青木は口絵に描かれるような姿勢をとるのである。「其の膝頭へ額の着くばかりに重苦しい頭を垂れた」この身体には、家庭や生活の問題と自己の文芸的問題の葛藤に苦しむ青木の内面が集約されている。そのような青木と、教え子との恋愛に懊悩して漂泊の旅に出た岸本とが海辺で物思う姿が、この小説が単行本化される際に口絵にふさわしい場面として選択されたのだった。

　この小説に描かれる青年たちの連帯は、例えば、岸本が恋した勝子を「盛岡」という土地の「符牒」で呼び合うように、仲間内だけで通用するようなことばを共有しているという意味で、いわばホモソーシャルな関係にあると言えるだろう。ホモソーシャルとは、イヴ・K・セジウィックが提唱した概念で[5]、女性を排除したところに成立する男性同士の連帯、ひいてはそのような連帯の連続によって成立する男性中心主義的な社会構造を指す。そこで維持されるのは、女性嫌悪と同性愛嫌悪に支えられた男性中心の異性愛体制である。

図14　島崎藤村『春』口絵（和田英作画）、上田屋、1908年（明治41年）

　青年という概念を歴史社会学的に分析した木村直恵によれば、一八八〇年代末（明治二十年代初頭）に誕生した「「青年」的なもの」とは、「過去から未来へと連続する時間のなかで自己を捉え、それぞれの時点の自己を対照し、反映させ合うというきわめて内省的な作業のなかから自らを主体化していくやり方」[6]だというが、まさしく『春』の口絵に描かれているこの場面は、青年的な内省と主体のありようが入り交じった表象と言えるだろう。雑誌に詩文を寄せる行為とともにあるその内省と主体は、青木が妻子から逃げるように岸本と海辺へ向かうことに表れているように、ホモソーシャルな関係のうえに構築されているのである。

一つの小説の特定の場面が選択され、それが図像化されて口絵になっていく場合、当時の認識の枠組みがその選択に影響を及ぼしていることもあるだろう。先に引用した「春」の小説本文は一八九三年（明治二十六年）に時間設定されているにもかかわらず、それが発表された明治四十年代の雰囲気を写し取っているように見える。青年たちを取り巻く明治末期から大正期の様々な記述や表現を考えてみると、そこに描かれる青年たちの姿はこの口絵に類似したものや、青木や岸本の心理状態と通じるようなものが多いからだ。

5　青年たちの海辺

実は、漱石の小説に表象される青年たちのホモソーシャルな関係についてはすでに多くの指摘があり、専門的な文学研究の世界で漱石を論じる際の前提となっているとも言える。「男」二人を物語り「女」を他者化し排除する」「漱石的三角形」を指摘した飯田祐子の研究[7]はその代表例だが、すでに論者のなかには「ホモソーシャルという切り口の万能性にやや食傷気味でもある」[8]と述べる者もいるほどである。こうした指摘をふまえて「行人」や「こゝろ」の海辺の場面を考えていくと、「行人」や「こゝろ」に共通しているのは、そのようなホモソーシャルな関係にある男性同士の避暑旅行が描かれている点であり、その旅行は、「行人」の一郎、「こゝろ」のKのように、一方の男性が陥った神経衰弱に対処するためのものである。

「こゝろ」での先生とKの房州旅行は、その物語内容の時間設定からすると日清戦争後だと推測され、小説の記述が語るように、Kが房州の海へ身を浸すのは神経衰弱への対処でもあった。前述したように、この頃の海水浴はまだ保養としての意味をもっていて、近代精神医学をリードした呉秀三編集の『精神病学集要』（吐鳳堂書店、一八九四年〔明治二十七年〕―九五年〔明治二十八年〕）などの書物に見られるように、海水浴が神経衰弱症に効能があることは医学的に保証されていた。先生とKの房州旅行はそのような認識を背景としているのである。

「行人」での一郎とHさんの伊豆周辺への旅行も、やはり神経衰弱に陥った一郎への対処のためであり、この旅行も、当時の医学が有効とする転地療法にのっとったものである[9]。当時の医学では山間部の温泉場や海辺が転地先として推奨されるケースが多く、一郎とHさんの旅行もそれらの移動を繰り返している。

そのような医学的な意味に加えて、青年の休暇中の旅行には優れた人格を形成するための「修養」という意味もあった。例えば、占部百太郎『青年の修養』（内外出版協会、一九〇六年〔明治三十九年〕）は、「広く悠々たる自然界や活動止むなき人間社会を観察する」ことが「真個の学問」であり、暑中休暇を利用して旅行に行くことを青年たちに説いている。

明治三十年代後半から明治四十年代（一九〇三―一一年）はこうした修養書が続々と刊行された時期であり、修養は人格を高め、その成功を促すためのイデオロギーとして青年たちの身を取り囲んでいた。[10] なかでも、当時第一高等学校長だった新渡戸稲造の『修養』（実業之日本社、一九一一年〔明治四十四年〕）は広く読まれたものの一つだが、ここでも「暑中の修養」として「夏季の間に、肉体的の活力を涵養すると共に、精神の持ち方を心懸ることが必要である」とされ、次のように記されている。

一日を海浜に送り、肉体の健康を養ふと共に、快活なる大洋を見ては、偉大の思想を起し、晴天の夜、星斗の欄干として輝けるを見ては、天空の宏大なるを身に沁々と感じ、はた又海水に游泳するにしても、直接間接に精神修養の資料とする心がけさへあれば、如何なる事柄よりも教訓を受けられる。小説や新聞の三面記事の如きは、之を読む男女間に面白からぬ関係を生じ易く、折角保養せんとして行つた温泉場も、却つて健康を害する様なことは、間々見聞することである。併し此等の弊害とても、心懸一つでは、之を避け利益のみを収め得られるであらう。

青年の夏季休暇旅行で生じる「男女間に面白からぬ関係」は、すでに「小説や新聞の三面記事の如き」ものという通俗的なイメージで捉えられていて、周縁化されている。重要なものとして論じられるのは青年の内面だけであり、「快活なる大洋」を眺め、「海水に游泳する」こと、あるいは旅先で「小説や新聞の三面記事の如き」ことを経験するのも、すべて「心がけ」さえあれば「精神修養」へと結び付いていくというこの認識は、海辺で夏を過ごすことそのものが、青年の「精神修養」に直結していくと説いていることになる。海辺でのあらゆる経験が修養をもたらすのであれば、これほどたやすい修養の方法はなく、青年たちが海浜に赴く格好の論拠となるだろう。

また、新渡戸の記述にははっきりと示されていないが、「男女間に面白からぬ関係」が生じるのを回避するためには、「男女間」で「快活なる大洋」を眺め、「海水に游泳する」ことを避け、青年同士でこれらをおこなうことが無難であると説かれているように見える。ここで意味づけられている修養とは、徹底して青年という男性のためのものだからだ。

6 「行人」の海辺

「行人」には、そのような青年同士の旅行先も含めて、海辺の地が多く物語のなかに登場する。岡田夫妻と二郎が佐野に面会する大阪の浜寺、一郎夫妻と二郎、母親で滞在する和歌の浦、そしてHさんと一郎が旅行する伊豆、相模周辺である。前述したように、一郎とHさんの旅行は一郎の神経衰弱に対処するためであり、この旅行が男性二人の緊密な関係に支えられていることは明らかだが、二郎とその友人・三沢の関係に旅行が大きく関わっていることにも注意すべきだろう。

「行人」は「友達」と名づけられた章から始まっていて、そこでは大阪での三沢との合流を絶えず気にする二郎の姿や、「あの女」をめぐる二人のやりとりが描かれ、三沢の帰京でこの章の幕が閉じる。三沢が大阪に到着した途端に胃病で入院したため実現しなかったが、もともと二郎と三沢は大阪で合流した後に高野登りを約束していたし、時間があれば伊勢から名古屋へ回ろうと決めていて、二人による旅行を計画していた。

そのために二郎は、三沢が大阪に到着したときに一緒にいた五、六人の男性の「伴侶《つれ》」を気にかけ、「其五六人の伴侶の何人であるかに就いて思ひ悩んだ」のである。二人が取り交わす、「君大阪へ着いたときは沢山伴侶があつたさうぢやないか」「うん、あの連中と飲んだのが悪かつた」という会話は、二人だけの約束が踏みにじられたことに対する二郎の三沢への当てこすりと三沢の弁解のようにも見え、このエピソードを語る二郎のことばには、三沢の「伴侶」に対する嫉妬がにじんでいる。

同時に、三沢は大阪での二郎の滞留先について念を押し、二郎は三沢からの連絡を心待ちにしている。ようやく三沢からのはがきが滞留先である岡田の家に届いた際、岡田の妻であるお兼が「とう〳〵参りましたね。お待ちかねの……」と冷やかすほどだ。二郎が「三沢と一所に歩く時の愉快」を想像し、富士に一緒に登った際のことを思い出しながらさらに三沢からの連絡を待っていると、入院したという手紙が三沢から届くのである。

このような強い絆のなかにある二郎と三沢だが、三沢が五、六人のつれと飲みにいった茶屋で出会い、無理に酒を飲ませた「あの女」がこの二人の関係に介入することで、そのホモソーシャリティはいっそう際立っていく。二郎と三沢との間に交わされる「あの女」の名は最後まで明かされることはなく、島崎藤村の「春」同様、あたかも「符牒」のように男同士の間で共有されている。もともと体調が悪いところに酒を強いられ、三沢と同じ病院に入院した「あの女」は、病院の「美しい看護婦」とともに、二人の性的関心の対象として病院での二人の話題の中心を担っている。

その後、三沢は、「あの女」を見舞い、退院して帰京することになるが、帰京の汽車の待ち時間に、二郎にある「娘さん」の話をする。精神に異常を来していたその「娘さん」は、五、六年前に三沢の家で預かっていた女性で、その病状からか三沢を恋い慕い、亡くなったという。三沢はその「娘さん」と「あの女」を重ね合わせて考えていたために、「あの女」を気にかけていたことがここで二郎にも明らかになるが、その話を聞いて、「「あの女」のために、又「其娘さん」のために三沢の手を固く握つた」二郎の身ぶりは、「娘さん」と「あの女」とを接続する三沢の物語を共有する場に成り立つ〈男同士の絆〉を表すものだろう。むろん、二人によるその物語の共有とは、「娘さん」や「あの女」への憐憫という女性の排除にほかならない。

このような二人の絆は「行人」のなかで一貫して維持されていて、あたかもその友情関係が同性愛関係に転化していくのを隠蔽するかのように、三沢は二郎に自分の結婚相手を紹介したり、二郎の結婚相手を周旋したりしようとする。そして、様々なエピソードに満ちた二人の強い関係を支えるように、海辺という場が物語のなかに設定されているのである。

「僕には左右いふ事情があるんだからもう少し此処に待つてゐなければならないのだ」と自分は大人しく三沢に答へた。すると三沢は多少残念さうな顔をした。

「ぢや一所に海辺へ行つて静養する訳にも行かないな」

（略）

「海岸へ一所に行く積りででもあつたのか」と自分は念を押して見た。

「無いでもなかつた」と彼は遠くの海岸を眼の中に思ひ浮かべるやうな風をして答へた。此時の彼の眼には、実際「あの女」も「あの女」の看護婦もなく、たゞ自分といふ友達がある丈のやうに見えた。

（略）

自分の「あの女」に対する興味は衰へたけれども自分は何うしても三沢と「あの女」とをさう懇意にしたくなかつた。三沢も又、あの美しい看護婦を何うする了管もない癖に、自分丈が段々彼女に近づいて行くのを見て、平気でゐる訳には行かなかつた。其処に自分達の心付かない暗闘があつた。其処に持つて生れた人間の我儘と嫉妬があつた。其処に調和にも衝突にも発展し得ない、中心を欠いた興味があつた。要するに其処には性の争ひがあつたのである。さうして両方共それを露骨に云ふ事が出来なかつたのである。


二郎には、「あの女」やその看護婦との関係よりも優先されるべき「友達」の関係があるようだ。「三沢と一所に歩く時の愉快」を思い出す二郎は、三沢の内面を「自分といふ友達がある丈」のように捉え、二郎と「美しい看護婦」の接近に対する三沢の心の動揺を読み取る。二郎が三沢の目のなかに感じ取った「遠くの海岸」の想起は二郎の欲望の反映であるとともに、二郎との海岸での静養を口にした三沢の欲望でもありうるだろう。

二郎は、この事態を「持つて生れた人間の我儘と嫉妬」や「性の争ひ」という語で捉えているが、そこにはホモソーシャル体制を自然なものとして受け入れている二郎の姿がある。同時に、この二郎の語りのなかでは、男同士に共有されるこの「遠くの海岸」こそが、その「性の争ひ」を回収し、「性」をめぐるシステムを維持するイメージとして語られているのである。

こうしたホモソーシャルな場としての海辺のイメージは、一郎と二郎という兄弟の関係のなかにも表れる。暑い大阪を避けて「有馬なら涼しくつて兄の頭に宜からう」と二郎が有馬行きを思い立ったのに反して、「意外にも和歌の浦見物が兄の口から発議された」のも、和歌の浦という海辺がもつイメージと無関係ではないだろう。

古代から景勝の地とされた和歌の浦は、一九〇三年（明治三十六年）に南海電鉄によって難波駅と和歌山市駅が結ばれ、明治末年までには和歌山水力電気の路面電車によって和歌山市駅と和歌の浦や紀三井寺が結ばれて観光地化されていくことになった(11)。一郎たちもそのような交通網を利用して和歌の浦見物に赴くわけだが、二郎が「意外」に感じるこの一郎の「発議」のなかには、海辺での二郎との親密な相談がすでに予定されていたのかもしれない。実際、一郎が二郎に自分の妻である直の貞操を試すよう依頼する場は、眼下に「遥の海が鰯の腹のやうに」輝く、紀三井寺のベンチだった。

また、一郎の神経衰弱への対処のため、二郎からの依頼を受けて実現した一郎とHさんの旅行は、沼津、修善寺、小田原、箱根、鎌倉の紅が谷と、伊豆から相模へと回る旅行であり、たびたび二人は浜辺で議論をしたり、箱根の山に登ったりしている。旅行中、常に行動をともにして議論を取り交わす、学問を介した二人の交流は、「だから妾《あたし》の事なんか何うでも構はないのよ。だから旅に出掛けたのよ」と直に言わせるほど、女性の入り込む隙がないものだ。小説は、一郎が嫌う「三保の松原だの天女の羽衣だのが出て来る所」や、「若い男と若い女ばかり」が集う場としての海辺を記述してはいるものの、これが一郎の様子を二郎に伝えるHさんの手紙の記述であるためか、一郎とHさんの語らいばかりが前景化され、「男女二人連」が集う恋愛の場としての海辺は、その背景としてだけ記されている。

7 「こゝろ」の冒頭

よく知られているように、こうした海辺でのホモソーシャルな関係は、「行人」に続く長篇小説「こゝろ」の冒頭をも深く彩っている。

或時先生が例の通りさつさと海から上つて来て、いつもの場所に脱ぎ棄てた浴衣を着ようとすると、何うした訳か、其浴衣に砂が一杯着いてゐた。先生はそれを落すために、後向になつて、浴衣を二三度振つた。すると着物の下に置いてあつた眼鏡が板の隙間から下へ落ちた。先生は白絣の上へ兵児帯を締めてから、眼鏡の失くなつたのに気が付いたと見えて、急にそこいらを探し始めた。私はすぐ腰掛の下へ首と手を突ッ込んで眼鏡を拾ひ出した。先生は有難うと

> 云つて、それを私の手から受け取つた。
> 次の日私は先生の後につゞいて海へ飛び込んだ。さうして先生と一所の方角に泳いで行つた。二丁程沖へ出ると、先生は後を振り返つて私に話し掛けた。広い蒼い海の表面に浮いてゐるものは、其近所に私等二人より外になかつた。さうして強い太陽の光が、眼の届く限り水と山とを照してゐた。私は自由と歓喜に充ちた筋肉を動かして海の中で踊り狂つた。先生は又ぱたりと手足の運動を已めて仰向になつた儘浪の上に寐た。私も其真似をした。青空の色がぎら／＼と眼を射るやうに痛烈な色を私の顔に投付けた。『愉快ですね』と私は大きな声を出した。
> しばらくして海の中で起き上る様に姿勢を改めた先生は、『もう帰りませんか』と云つて私を促した。比較的強い体質を有つた私は、もつと海の中で遊んでゐたかつた。然し先生から誘はれた時、私はすぐ『えゝ帰りませう』と快く答へた。さうして二人で又元の路を浜辺へ引き返した。（傍点は引用者）

「私」が先生に注視するようになったきっかけは、もともと先生とともにいたヨーロッパ人の風体が他と大きく異なり、浜辺で目立っていたことであり、「私」が先生に近づいていったのは、次第に募っていった海水浴場での無聊から脱するためだった。「私」にそうさせたのは、その場が「私」の知り合いが一人もいない海辺だったからだとも言える。

つまり、男性の欲望のもとに形作られた男女の出会いの場としての海辺の通俗的イメージと、青年たちや知識階層のホモソーシャルな場としての海辺のイメージとが交じり合ったところに生成する場の力が「私」に及び、先生への接近をうながしたのである。海で「私」が感じる「自由と歓喜」「愉快」とは、その場によってもたらされたものなのだ。

Kの神経衰弱への対処のためのKと先生の房州旅行は、先生がKに神経衰弱を見いだした結果として実現したものだが、いつしかKのお嬢さんへの思いを疑い始めた先生のほうが神経過敏になっていったと語られている。Kから先生への神経衰弱の転移と、お嬢さんの好意が先生にあるのかKにあるのかまったく顧慮されない形の三角関係は、前述した「漱石的三角形」のステレオタイプであり、先生とKの関係がホモソーシャルなものであることは言うまでもないだろう。

そして、先生とKのこの関係は、小説冒頭の先生とヨーロッパ人の関係、さらには先生と「私」の関係へと連続していくものだろう。そうした知の共有と伝達を前提としたこの絆が支える「こゝろ」という小説に、出会いとホモソーシャルなイメージとが覆い重なった一見奇妙なこの冒頭が用意されていることは象徴的でありすぎる。

こうして見ていくと、漱石の小説に特徴的な男性間のホモソーシャルな関係は、海辺という場にも表出していることが確認できるし、同時に、海辺という場そのものがすでにホモソーシャルな場だとも言える。これは、女性嫌悪と同性愛嫌悪に支えられながら異性愛体制を維持するホモソーシャル体制が社会システムであるかぎり、当然のことだ。言い換えれば、海辺でホモソーシャルな関係が表出するのは、そこで異性との出会いを期待させるロマンチシズムや異性愛のドラマ性とセンチメンタリズムが喚起されることの裏返しなのである。海辺という場は異性愛体制に支えられたイメージを喚起するがゆえに、ホモソーシャルな場ともなりうるのだ。

8　絆の揺らぎ

ただし、漱石の小説には、単にホモソーシャルな関係が表象されているだけでなく、そのような男同士の関係性に対する相対的な揺らぎと亀裂が刻み込まれていることも確かだ。[12] 例えば「行人」に描かれている一郎の神経衰弱に、そうした可能性を読み取ることができるだろう。そのような要素を含んでいるという点で、「行人」はいささか異なった表現性をもっている。

前述したように、一郎とHさんの旅行は、Hさんが「我々二人は一所の室に寝ます、一所の室で飯を食ひます、散歩に出る時も一所です、湯も風呂場の構造が許す限りは、一所に這入ります」と語るように、非常に身体的な緊密性の高いものだ。二人は、沼津、修善寺、小田原、箱根と、海辺と山間部の移動を繰り返すが（図15）、いずれも一郎が気に入る場所ではなかった。

ようやく一郎が気に入ったのは、「二人ぎりで独立した一軒の家の主人になり済まされたといふ気分」を味わうことのできる、鎌倉紅が谷の別荘だった。知識人男性としての二人の関係を物理的に保障するような場が、一郎の精神状態を安定させたのである。二人はこの紅が谷近くの海辺を散歩する。すでに日は暮れて、浜には「若い男と若い女ばかり」が集っているが、前述したように、そのような恋愛の場としての海辺は二人の語らいの背景として記されているばかりで、物語ではホモソーシャルな場としてのそれが際立った場面となっている。

図15　一郎とHさんの旅程図

この旅行で描かれる一郎とHさんの〈男同士の絆〉は、一郎の神経衰弱によってそれが危機を迎えると場所を移動し、Hさんが一郎との対話を続けることで保持されていく。旅行中の一郎の精神状態は長文の手紙で二郎に伝えられているが、その手紙には一郎とHさんの強い絆を見いだせるとともに、神経衰弱に陥った一郎の姿も映し出されている。それを二郎へと伝達するHさんの行為は、否応なく他者としての一郎の姿を浮き彫りにし、この濃厚な絆に亀裂を生じさせる隙間を用意することになってしまうだろう。

例えば、一郎とHさんが最初に赴いた沼津の海は「眠つてゐる様な深い海」であり、「海も斯う静かだと好いね」と一郎が喜ぶほどだったが、その後、沼津の浜辺で二人の話題が神へと及び、一郎の調子や眉間に「自烈たさうなもの」が顫動するようになったとき、「静かな夏の朝の、海といふ深い色を沈める大きな器」のなかへ一郎が投げ入れた小石は、二人の穏やかな関係性を象徴する海辺のホモソーシャリティに最初の波紋を投じている。〈穏やかな海〉がざわめき始めたため、二人はそれから逃れるように山間の温泉場である修善寺へと移動することになるのである。

しかし、一郎が当初気に入っていた修善寺でも、Ｈさんは一郎に山で「左の肩を二三度強く小突き廻され」、次の小田原では議論の末、一郎に横っ面を叩かれている。そうした二人の関係に呼応するかのように、小田原の海は「薄どんよりと曇り掛けた空と、其下にある磯と海が、同じ灰色を浴びて、物憂く見える」のだった。次に向かった箱根では雨と風のなか、Ｈさんは山を歩く一郎に付き合い、一郎がそこで「わあつと」いう「原始的な叫び」を発したことを記している。

また、一郎が旅行中最も落ち着いている例の紅が谷近くの海辺では、二人のホモソーシャルな関係を演出するように、「濃い夜陰の色にたつた一つ懸け離れて星のやうに光つてゐる」「微かな燈火」や西洋人の別荘から聞こえてくるのであろうピアノの音、それに呼応するかのように明滅する一郎のタバコの火といったロマンチックな雰囲気が用意されている一方で、一郎は不意に香厳という僧侶の話をＨさんに始めている。Ｈさんの手紙の表現では、その話は「ピアノの音にも、広い芝生にも、美しい別荘にも、乃至は避暑にも旅行にも、凡べて我々の周囲と現在とは全く交渉を絶つた昔の坊さんの事」だったというが、二人の会話のコンテクストを裏切る形で、一郎はこの話を始めたのである。Ｈさんにも理解できないこの話題の展開は、予定調和的な語らいを用意する海辺のホモソーシャリティを結果的にかき乱していることになるだろう。

Ｈさんが二郎に送った手紙は、一郎とＨさんの関係性を保障するかのように二人の目の前にあった海がざわめき、不穏な影を落とす様子を語る。同時に山間部での一郎の不自然な言動をも克明に記し、了解不可能な一郎の他者性を写し取りもするのである。一郎の精神状態をおもんぱかったうえで二郎に送った手紙とはいえ、ここに明確に刻まれた語る者と語られる者との分断は、二人の男同士の絆を維持するにはきわめて危うい。

言い換えれば、知的に苦しむ一郎の神経衰弱、そしてその発話の姿を二郎に再現して見せているこのHさんの手紙は、予定調和的な男同士の語らいが用意されるべき海辺という場にノイズを発信し続けることになるのである。Hさんの手紙のなかに描かれる一郎の神経衰弱は、〈男同士の絆〉を築き上げるHさんと共有されることなく、そこから滑り落ちていく。同時にそれは、手紙を送るHさんと手紙を送られた二郎という男同士の関係でも、対処することができない不穏な表象として漂い続けている。

「行人」が、このHさんの手紙によって終えられていること、すなわち、神経衰弱に陥った一郎の行方を記すことなく、紅が谷という海辺で神経衰弱という状態にとどまり続ける一郎の姿で終えられているということは、ホモソーシャルな場として表象されていた海辺という場を揺るがし続けることになるだろう。むろん、神経衰弱は男性ジェンダー化された病ではあるが、それが社会的に強いられる男性性（一郎の場合で言えば、家長や夫）への身体的拒否感だとするならば、その動揺は、ホモソーシャル体制や家父長制度といったシステムへと及ぶものなのかもしれない。

ここで「彼岸過迄」の須永が、明石の海辺の風景を「考へずに観る」ことによって記述していたことを思い返してみてもいいだろう。須永は、男女の恋愛の場という認識の枠組みで捉えられるような海辺の光景を、その枠組み自体を無効化するような形で記述していた。「考へずに観る」ことによって可能になった須永の記述は、須永から松本へ送られた手紙だったし、Hさんの手紙が書き記す一郎の神経衰弱も二郎に送られた手紙だった。その意味で、それらは確かに〈男同士の絆〉のなかにあるものだろうが、そこに刻まれたことばの襞には、その関係性から逸脱するような要素が含まれている。「彼岸過迄」で、海辺についての「劇」的な認識の枠組みが須永の視点から自己言及的に相対化されている点も含めて、漱石の小説には、海辺をめぐる当時の一般的な認識や感性からあふれ出る要素が多くちりばめられているのである。

注

（1）松下浩幸「「彼岸過迄」論——三角関係と「男」らしさ」（「文芸研究——明治大学文学部紀要」一九九五年三月、明治大学文芸研究会）、小森陽一『出来事としての読むこと』（［Liberal arts］、東京大学出版会、一九九六年）などを参照。

（2）ルネ・ジラール『欲望の現象学——文学の虚偽と真実』古田幸男訳（叢書・ウニベルシタス）、法政大学出版局、一九七一年、参照

（3）別の個所で、須永の視点から「前後の模様から推す丈で、実際には事実となつて現れて来なかつたから何とも云ひ兼るが、叔母は此場合を利用して、若し縁があつたら千代子を高木に遣る積でゐる位の打明話を、僕等母子に向つて、相談とも宣告とも片付ない形式の下に、する気だつたかも知れない」と語られている。

（4）例えば、柄谷行人／小森陽一「漱石——想像界としての写生文」（學燈社編「國文學——解釈と教材の研究」一九九二年五月、學燈社）、安藤恭子「「東京朝日新聞」から見た『彼岸過迄』——「南洋探検」と「煤煙」と」（「漱石研究」第十一号、翰林書房、一九九八年）など。

(5) イヴ・K・セジウィック『男同士の絆——イギリス文学とホモソーシャルな欲望』上原早苗/亀澤美由紀訳、名古屋大学出版会、二〇〇一年、参照

(6) 木村直恵『〈青年〉の誕生——明治日本における政治的実践の転換』新曜社、一九九八年、参照

(7) 飯田祐子『彼らの物語——日本近代文学とジェンダー』名古屋大学出版会、一九九八年、参照

(8) 高田里惠子「文科大学の学者ということ——あえて品位を欠いた考察」「漱石研究」第十五号、翰林書房、二〇〇二年、参照

(9) 田村化三郎『神経衰弱根治法』(健友社、一九一一年〔明治四十四年〕)、日原研次著、佐野彪太閲『最新神経衰弱自療法』(有朋館、一九一二年〔明治四十五年〕)などを参照。

(10) 筒井清忠『日本型「教養」の運命——歴史社会学的考察』岩波書店、一九九五年、参照

(11) 武知京三/宇田正「和歌山における交通の発達」、南海道総合研究所編『南海沿線百年誌』所収、南海電気鉄道、一九八五年、高嶋雅明「和歌山——経済発展と地域の変貌」、同書所収、参照

(12) 例えば、森本隆子「ロマンチッククラブの敗退とホモソーシャリティの忌避——『行人』論」(前掲「漱石研究」第十五号)は、Hさんの手紙に記される一郎の〈眠り〉にホモソーシャリティの忌避を読み取る。

第4章　映画・スポーツと〈肉体〉——大正期のまなざし

1　泳ぐ女性

第1章で述べたように、明治三十年代には、海辺や海水浴場での女性の身体に対する男性の欲望に支えられる形で、男女のロマンチックな出会いの物語が生産／再生産されているが、大正期には、こうした物語における女性の表象が変化を示し始める。例えば明治三十年代の小説では、海水浴場で泳ぐ女性が描かれるケースはほとんどなかったが、それが描かれるようになるのもこの頃だ。江見水蔭の短篇小説「海水浴」は、活発に泳ぐ女性として海女を描いていたが、そこには、そのような女性を奇異なまなざしで捉える力が入り込んでいる。他方、海女のように海と密接な関わりをもつ女性ではなく、なりわいとして泳ぎが必要でもないような女性が徐々に泳ぎを身につけ始めるのが、明治末期から大正期にかけてのことなのである。

文部省留学生としてイギリスに留学し、キングスフィールド体操専門学校などで学んだ東京女子高等師範学校助教授・二階堂トクヨ[1]は、帰国後、その成果を日本の女子教育に生かそうとし、『体操通俗講話』(東京宝文館、一九一七年〔大正六年〕)を著した。そのなかで水泳は、「海国男子の母たるべく妻たるべき日本女子はよろしく水泳を稽古なさつて、誰れでも立派な海国女子の特色を発揮遊ばすやうおすゝめ申します」と、海洋国家である近代日本の「海国女子」がなすべき「体操」として意味づけられている。

一九一九年(大正八年)三月から各都道府県の女子師範学校、高等女学校、女子実業学校などを対象に実施された文部省の体育状況調査『女子体育状況調査』(文部省編、文部省、一九二〇年〔大正九年〕)を参照すると、比較的温暖で海の近隣に位置する学校は水泳や海水浴の授業をおこなっていたことがわかる。当時は水泳と海水浴は同義ではなく、水泳の指導はおこなっていないものの、海水に一定時間身を浸す海水浴はおこなっていた学校もある。この調査は、大正半ばに一定数の女学校が教育のなかに水泳を導入し始めたことを示していて、大正期は、女性が「体操」「体育」としての水泳を身につけ始めた時期であると言えるだろう。

前章で扱った夏目漱石の「彼岸過迄」でも、海水浴がしたいという娘たちの希望を聞き入れた田口一家が鎌倉に避暑旅行に出かける場面があり、鎌倉の浜辺で水泳の自習をした千代子に対して、叔母である須永の母が、帰京後に「女の癖にそんな軽機な真似をして」とたしなめたり、千代子の髪を結う髪結いが「近頃の御嬢様方はみんな水泳の稽古をなさいます」とお世辞を言ったりしている。こうした記述は、少なくとも明治末期には、実業家を父にもつような階層の女性にとって、海で泳ぐことは奇異なものではなくなっていることを語っていると同時に、千代子の叔母のような世代にはそれがいまだ受け入れがたいものであることも語っていると言えるだろう。

ただ、「彼岸過迄」には水泳をする千代子の行為そのものは描かれてはおらず、須永の語りのなかで、海へ行くという千代子と百代子が最初に高木を、次に須永を誘う場面が語られているだけだ。

> 幸ひ千代子と百代子が日が薄くなつたから海へ行くと云ひ出したので、高木が必ず彼等に跟いて行くに違ないと思つた僕は、早く跡に一人残りたいと願つた。彼等は果して高木を誘つた。所が意外にも彼は何とか言訳を拵へて容易に立たうとしなかつた。僕はそれを僕に対する遠慮だらうと推察して、益々眉を暗くした。彼等は次に僕を誘つた。僕は固より応じなかつた。高木の面前から一刻も早く逃れる機会は、与へられないでも手を出して奪ひたい位に思つてゐたのだが、今の気分では二人と浜辺まで行く努力が既に厭であつた。

須永の語りは、おそらくは海水着を身にまとっていただろう千代子と百代子が最初に高木を浜辺に誘ったことに過剰な意味を見いだし、それに対する嫉妬から気後れする自身の内面を語っている。前章でも述べたとおり、高木・千代子・須永の三角関係のなかで、千代子への欲望と高木への嫉妬が表出する須永の内面が語られていくわけだが、高木と須永を海に誘うこの千代子の身ぶりは、そこに想起される身体的な接近をふまえれば意味深長でもある。

こうした海辺での男女の関係性をよりいっそう身体に寄り添う形で表象したのが、武者小路実篤「友情」（「大阪毎日新聞」一九一九年〔大正八年〕十―十二月）だろう。「友情」が描く海辺では、野島が恋する杉子と早川が浜辺で戯れる様子を見て、嫉妬を禁じえない野島の姿が写し出されている。「運動家」早川は、「体格がよく、さつぱりして、男らしく、そしてよく気がつき、利口らしい」うえに、「法科の特待生であつて、杉子の母には信用されて」いることも手伝って、早川と杉子の関係に対する野島の感情はときおり激しいものとなる。


ある日、「早川さん、泳ぎを教へて頂戴な」

「えゝ、教へて上げませう」

かう云つて、早川が杉子の手をとつて泳がしてやると、杉子は足を出来るだけバタ／＼やつて水をはねかへした。そして二人は無邪気に大声を出して笑つた。

「馬鹿！」野島はさう心で云つた。「あんな女は豚にやつちまへ、僕に愛される価値のない奴だ」


海辺での早川と杉子の身体的接触に、運動が苦手な野島の劣等感が覆い重なって、野島の杉子に対する恋慕の情はひとたび嫌悪の情へとすり替わる。泳ぎを教える／教えられるという男女の優劣関係のなかに自身の位置を確保することができない野島は、早川を「豚」におとしめ、自身の愛の価値を自閉的に高めることでその焦燥を発散していく。

2　男性の肉体

運動に対する野島の劣等感は、その後に語られていく神や健康をめぐる早川との議論のなかにもそのまま持ち込まれていて、野島は「自分の精神の優秀」という自負にその劣等感を転化していく。野島は、人影もまばらな早朝の浜辺を「跣足であるく、少し波に足をあらはせる。さう云ふ時、私達は何となく愉快になるでせう」と、「愉快」を感じることのなかに神の存在を見いだしていくが、早川は「身体が健康になるから気持がいゝのだよ。それはオゾンの働きだよ」と、その根拠を「健康」や「オゾン」へと求めていく。

早川が依拠するオゾンは、一八四〇年にクリスチアン・シェーンバインによってそれが酸素によって形成されていることが発見され、すでに明治初期の小学校用化学教科書にも紹介されていた。明治二十年代から、肺病の治療のため海浜への転地療養が本格的に勧められるようになったのも、海気に含まれるオゾンの効果が知られるようになったからだ。(2)

海辺とオゾンをめぐるこの認識は徐々に広まり、大正期には広告の場にも現れるようになる。「友情」とほぼ同時期の三越呉服店の機関雑誌「三越」(三越編、三越、一九一八年〔大正七年〕八月)には、「海水浴のお召物」として流行の海水着を紹介する記事が見られ(図16)、そのなかで海は、「青く、鮮らけく、永久に変らぬ海こそ、実に半歳の労働と、焼くが如き暑さとに疲れ果てた人々の、最もよい安息所でございます。潮を泳びて、日光にその美しい皮膚をさらし、腹ふくるゝばかりオゾーンをしたゝかに呼吸せらるゝその刹那の快楽愉悦は何ものをもつても之に換へる事は出来ますまい」と語られていて、早川の認識と同様に、海辺の「快楽愉悦」はオゾンがもたらすものと説明されている。大正期の海辺は、オゾンとの関係を指摘する科学的認識を背景に、快楽をもたらす場として広告のなかに用いられているのである。

図16 「海水浴のお召物」
（出典：三越編「三越」1918年〔大正7年〕8月、三越）

そうしてみると、「友情」で早川と野島が繰り広げる神と健康をめぐる議論は、すでに広告にも使われているという意味で、通俗化したとも言える科学的認識をもった早川と、「人間でない何かの意志」という不可視のものを、周囲の者をしらけさせるほどに懸命に論証しようとする野島との対立だとも言える。そして、明らかに野島は、広告メディアにも表象されるような消費社会的な海辺のイメージからは疎外されざるをえない存在なのである。

それは、早川と杉子が並んで立っていると、「背恰好も、体格も実に似合ひの夫婦と云ふ感じがふとした。彼は自分の体格がよくなく、むしろ不自然な位、痩せてゐるのを反省しないわけにはゆかなかつた」と野島の内面が語られているように、「自分の精神の優秀」に自負をもつ野島も感じ取っているようだ。「似合ひ」の体格があるのを野島が認めているということは、ある理想的な肉体のモデル、そしてそれによって構成される理想的な海辺のイメージの存在を彼が認めていることを意味する。その意味で、野島は自身が海辺という場、あるいはその場に存在するには不似合いな男性だと自覚していることになる。

さらにここで注意すべきは、野島が自らを比較したのは早川の肉体だけではないということだ。野島は、「そして何げなくふり返つて、大宮を見た。そして大宮の筋肉がしまつてつり合ひのよくとれてゐる身体に気がついた。そしてそのわきに立つ、自分の醜さを思つた」のであり、「杉子はそれを見てゐる！」と、大宮と野島の肉体を見つめる杉子のまなざしも意識している。早川に対しては「自分の精神の優秀」を誇ることができた野島も、自身と友情を共有し、〈男同士の絆〉を築いている大宮の〈精神〉と〈肉体〉に対してはあまり誇るべきものがない。唯一、神の存在の論理性における自負がある程度だ。

3　男性美

明治以降、日本では西洋人の身体との比較を通じて日本人の体格的劣等が論じられ、国益の観点からも、西洋を基準とした肉体と骨格のたくましさが日本人男性に求められていった。同時に、十八世紀以降のヨーロッパに新たに出現した、古代ギリシャ彫刻に男性美の理想的基準を見ようとす

る感性が、日本の知識人層にも影響を及ぼしていたようだ。(3)

例えば、笹川臨風『男性美』(敬文館、一九一二年〔大正元年〕)は、男性美は「其精神美にあり」としながらも、「多くの動物に観て、美しきは雌よりも雄なり、人間に於ても亦然り、体格の完美なるは男性を以て優れりとなす。(略)さればプラトンも、男性の美を論ずることを忘れず、文芸復興期に入ては、ミケランジエロ、画に彫刻に男性的肉体美を活躍せしめて怠らざりき。ヴアチカノのシスチン堂の天井画、諸墳墓に彫める像は、皆益良男子の肉体美なりき」としている。(4)肉体美が男性優位を示すという根拠のない強調と、古代ギリシャ・ローマ文化を理想化したルネサンス期の絵画や彫刻に「益良男子の肉体美」を見る論理的跳躍が特徴的な論述だが、この書の口絵巻頭に男性美の象徴としてミケランジェロ・ブオナローティのダビデ像が掲げられていることは重要である。

同様に、心理学的見地から美を「覚性美」と「思想美」に分類して捉えた高島平三郎『心理と人生』補四版(不老閣書房、一九一八年〔大正七年〕)も、「男性美は強大威厳勇気等を表とし、優美温厚柔和等を裏とすべく、女性美は之と正に相反すべきものであらう。(略)これは身体の容貌態度に於ても、精神に於ても同一である」とまとめ、「青年期に於ける男性美の一模表」として「ミケランジエロの作ダビデの像」を挙げている。雑誌「日本及日本人」の秋季臨時増刊号である「男性美」号(政教社、一九二〇年〔大正九年〕九月)を調査した荻野美穂も、この特集で「男性美」を論じた言説群では、男性美の具体例として相撲の力士や歌舞伎の役者を挙げている例は少なく、ヴェルヴェデーレのアポロ像やミケランジェロのダビデ像を挙げるケースが多いと指摘している。(5)

当時のこのような認識を参照すれば、「精神の優秀」を信じる野島が、肉体に対する劣等感を拭い去れないことと、大宮と野島の〈友情〉を支える一つの要素ともなっている西洋美術に対する関心が通底していることが見えてくる。大宮は、「レオナルドや、ミケルアンゼロや、レンブラントの本物が見たくなつた」と言い、野島に本や画を送ることを約束してヨーロッパへ向かうが、こうした二人の西洋美術に対する関心は美のありかたをも共有しているのだ。

ちなみに、この感性は武者小路実篤が属する白樺派の感性とも重複する。「白樺」第五巻第十一号（洛陽堂、一九一四年〔大正三年〕十一月）ではレオナルド・ダ・ヴィンチが、第六巻第一号（一九一五年〔大正四年〕一月）ではミケランジェロが大きく取り上げられ、第六巻第九号（一九一五年〔大正四年〕九月）や第六巻第十号（一九一五年〔大正四年〕十月）では挿画として「希臘彫刻」が選ばれている。また、第四巻第八号（一九一三年〔大正二年〕八月）にはダ・ヴィンチの「STUDIES IN PROPORTION」（図17）が、第六巻第一号（一九一五年〔大正四年〕一月）にはミケランジェロのダビデ像（図18）が挿画として掲載されている。

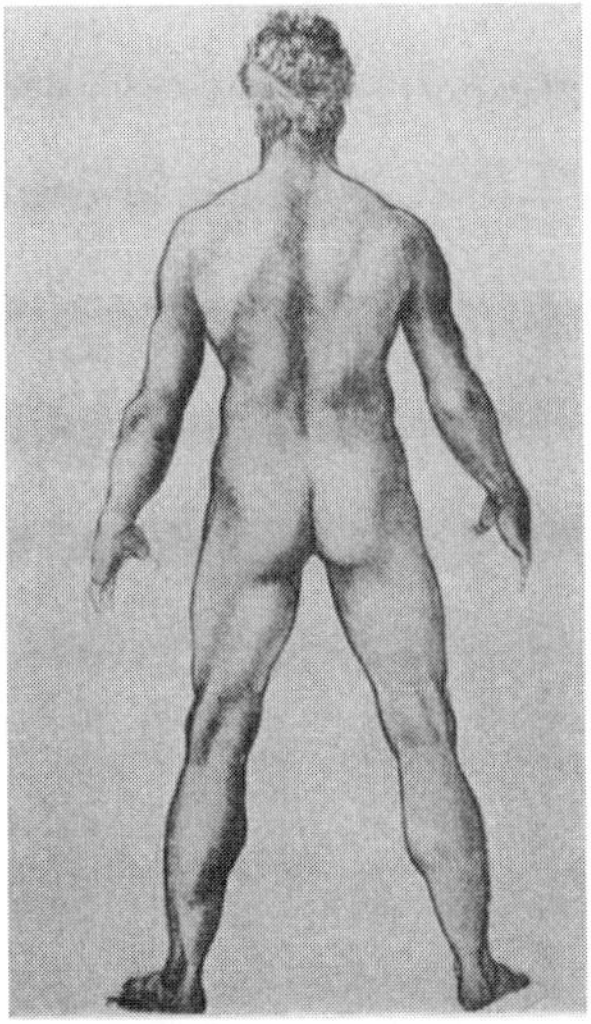

図17　レオナルド・ダ・ヴィンチ
「STUDIES IN PROPORTION」
（出典：「白樺」第4巻第8号、洛陽堂、1913年〔大正2年〕8月）

このような文脈に鑑みれば、大正期にミケランジェロのダビデ像が、男性肉体美の象徴として認められていたことがよく理解できるだろう。白樺派の作家たちに大きな影響を与えた彫刻家オーギュスト・ロダンの肉体表現が、ミケランジェロなどのルネサンス期のそれを基礎としていることもよく知られている。

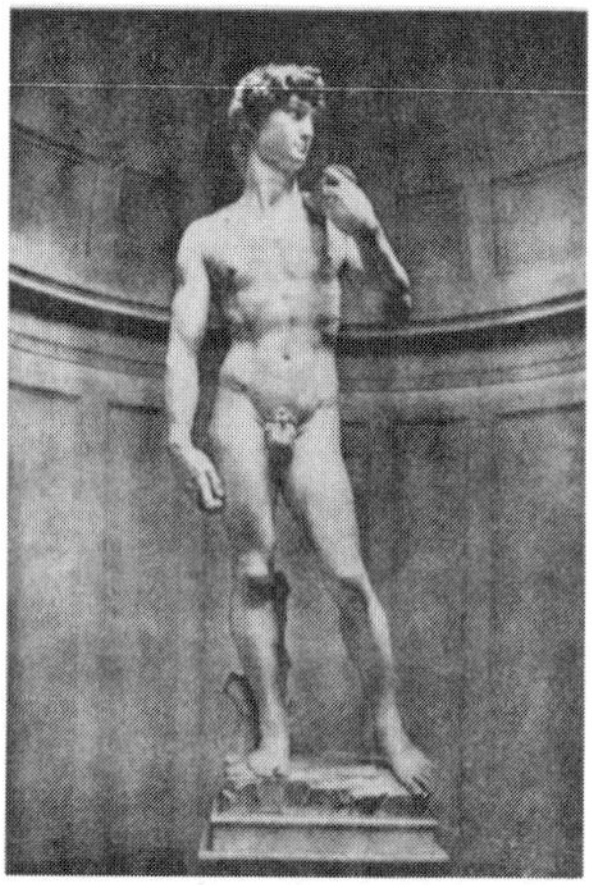

図18　ミケランジェロ「ダビデ像」
（出典：「白樺」第6巻第1号、洛陽堂、1915年〔大正4年〕1月）

4　〈エクササイズ〉の紹介

「友情」の海辺の場面で肉体に対する野島の自意識が語られていたように、海水浴という習慣が余暇となり、さらには消費の対象となるにしたがって、その場に集うひとびとの身体に対するまなざしも少し異なったものになっていった。つまり、他者の視線を内面に取り込んだ身体意識があらかじめ一つの理想的な類型として意味づけられ、その類型を参照軸としたまなざしが生じるようになるのである。先に取り上げた野島の肉体に対する劣等感も、身体の理想的類型と自身の肉体とのズレによってもたらされたものである。

そして、この類型は性差による存立基盤をも支えていた。先にも紹介した「日本及日本人」「男性美」号の、田中治六「男女両性美の大観」は、「殊に形体の上にては女子の曲線美を具ふるに反して、男子の筋骨逞しきは動すべからざる特色なり」と断言するが、「友情」でも、浜辺に並び立った早川と杉子を「背恰好も、体格も実に似合ひの夫婦」だと野島が捉えていることから明らかなように、二人の身体はその理想的な身体類型の範囲のなかにあるのだ。

「友情」の記述には示されていないが、「友情」が発表された大正期には、健康美を指標とした身体の自己管理に関する具体的な方法が、中・上流階層の女性に向けて多く語られるようになる。大正期の「女学世界」（博文館）を調査した川村邦光によれば、「心身の自己管理による〝健康〟が時代のキーワード」となり、西洋の女性の体形を価値基準とした「肉体美」への志向が見られるのがこの頃だという。[6] その背景には、十九世紀末から二十世紀前半にアメリカを中心に広まった、健康美と〈理想の体型〉への信仰が関与しているのだろう。[7] それは、川村も取り上げている高峰博／高峰ひろ子『女性肉体美学』（広文堂書店、一九二一年〔大正十年〕）という書物の記述に明らかだ。

この書物の特徴は、既存の日本人女性の身体や身体文化を否定し、西洋人のそれへと近づけるための方法である運動法が多数の図とともに紹介されているところにある。この書が言うところの〈理想の体型〉とは、巻頭図にも掲げられているビーナス像の体形であり、メディチのビーナス像の身長、体重や身体部位の寸法が列挙され、それに近い身体をもつ女性として、アメリカの女優アネット・ケラーマンが図とともに紹介されている。

アネット・ケラーマン（Annette Kellerman(n)）はオーストラリアに生まれ、水泳選手として活躍した後、アメリカでの水泳ショーなどの活動を経て映画に出演するようになり、『The Mermaid』（一九一一年）や『Neptune's Daughter』（一九一四年）、『Queen of the Sea』（監督：ジョン・G・アドルフィ、一九一八年）などの映画に出演した当時の人気女優である。ちなみに『Neptune's Daughter』は、『海神の娘』として一九一七年（大正六年）に日本でも公開された（図19）。

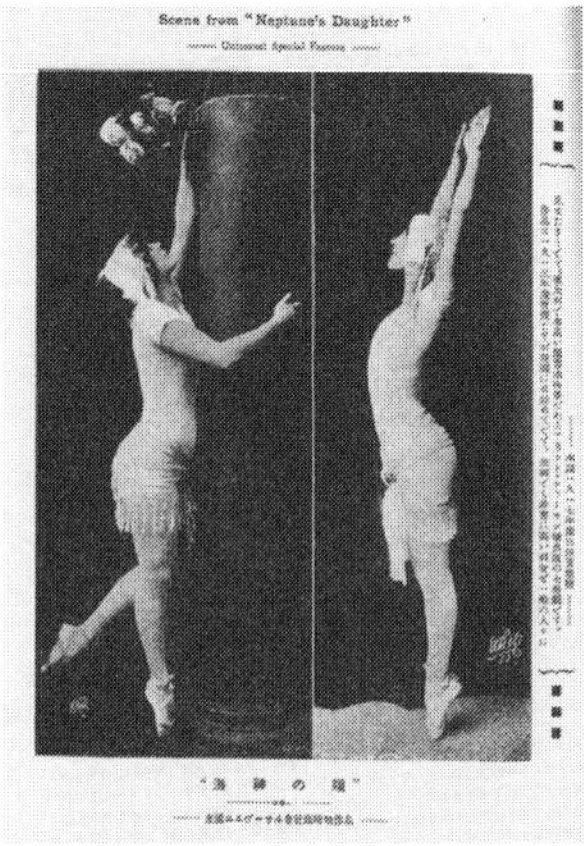

図19 「Scene from “Neptune's Daughter”」
(出典:「キネマ・レコード」1917年〔大正6年〕3月、キネマ・レコード社)

ケラーマンは数冊の著書も残していて、前掲『女性肉体美学』で紹介された〈理想の体型〉を保つための運動法とその図も、ケラーマンの著書 *Physical Beauty How to Keep It* (George H. Doran Company, 1918) に依拠したものだ。数値的にビーナス像の身体に近いと言われる〈理想の体型〉の所有者ケラーマンが提唱する運動法や美容法は、〈エクササイズ〉の効用とその具体的方法を日本にもたらしたと言えるだろう。

むろん、こうした運動法・美容法は、Charles Wesley Emerson の *Physical Culture* (Emerson College of Oratory, 1891) に基づき、エマーソン式体操を伝えた川瀬元九郎/川瀬富美子編『衛生美容術』(大日本図書、一九〇二年〔明治三十五年〕)[8]や、Emma E. Walker, *Beauty Through Hygiene* (Hutchinson, 1905) の田村貞策による翻訳『衛生美容術』(内外出版協会、一九〇七年〔明治四十年〕)などですでに明治期から紹介されていたが、大正期になると、肉体という物理的な側面に比重を置く形でさらに広まっていったようだ。後述するように、そこには欧米の俳優たち、とりわけ女優たちの肉体を表象する映画というメディアの流通が大きく関与していて、女優たちのスタイルへの欲望をひとびとに喚起していくことになる。ケラーマンの肉体はその代表例だった。

5 『アマチュア倶楽部』と「痴人の愛」

谷崎潤一郎「痴人の愛」（「大阪朝日新聞」一九二四年〔大正十三年〕三—六月、「女性」一九二四年〔大正十三〕十一月—一九二五年〔大正十四年〕七月）には、映画のケラーマンの姿を模倣するナオミの姿が描かれている。

> 彼女の骨組の著しい特長として、胴が短く、脚の方が長かつたので、少し離れて眺めると、実際よりは大へん高く思へました。そして、その短い胴体はSの字のやうに非常に深くくびれてゐて、くびれた最底部のところに、もう十分に女らしい円みを帯びた臀の隆起がありました。その時分私たちは、あの有名な水泳の達人ケラーマン嬢を主役にした、「水神の娘」とか云ふ人魚の映画を見たことがありましたので、
> 「ナオミちやん、ちよいとケラーマンの真似をして御覧。」
> と、私が云ふと、彼女は砂浜に突つ立つて、両手を空にかざしながら、「飛び込み」の形をして見せたものですが、そんな場合に両腿をぴつたり合せると、脚と脚との間には寸分の隙もなく、腰から下が足頸を頂点にした一つの細長い三角形を描くのでした。彼女もそれには得意の様子で、

「どう？　譲治さん、あたしの脚は曲つてゐない？」

と云ひながら、歩いて見たり、立ち止つて見たり、砂の上へぐつと伸ばして見たりして、自分でもその格好を嬉しさうに眺めました。

（傍点は引用者）

「痴人の愛」は、カフェで女給をしていた少女ナオミを、サラリーマンの河合譲治が自分好みの女性に育て上げようとするものの、逆にナオミに支配されていくという物語で、その一連の出来事が譲治の一人称で語られている。右の引用は譲治とナオミが鎌倉へ避暑に行ったときのことを譲治が回想している場面だが、海水着姿のナオミを目にした譲治は「きつとナオミの体の曲線は斯うであらうと思つてゐたのが、想像通り中《あた》つた」ことを喜び、西洋人のようなその体形から「マックセンネットのベージング・ガールたちを想ひ出さずには居られ」なかったと語っている。

アメリカのスラップスティック・コメディの創始者であるマック・セネットの一九一〇年代から二〇年代にかけての映画には、「Bathing Beauties」や「Bathing Girls」と呼ばれる女性たちがボディーラインの強調された水着をまとって登場し（図20）、女性の肌の露出になじんでいない当時の観客にかなりのインパクトを与えていたようだ。セネットの映画では、Bathing Beauties に目を奪われた男性作中人物の失態がしばしば観客の笑いを誘っていたらしい(9)。

〈理想の体型〉を具現化したケラーマンの水着姿も Bathing Beauties と同様の性的なインパクトを観客に与えたが(10)、ナオミがケラーマンの「飛び込み」のポーズを模倣することで描かれる「腰から下が足頸を頂点にした一つの細長い三角形」という幾何学的な形は、その体形が〈理想の体型〉

として認識されていたがゆえの表現だろう。譲治の語りのなかに浮かび上がるナオミは、「自分でもその格好を嬉しさうに眺め」ていて、見られ、見せるための身体への自意識をもっているようだが、それは、ケラーマンやBathing Girlsといった映画に表象される海辺の女性の身ぶりをナオミが取り込んだ結果なのである。[11]

この「痴人の愛」発表以前に、谷崎が原作者としてその制作に大きく関与した映画『アマチュア倶楽部』（監督：トーマス栗原、製作：大活、一九二〇年〔大正九年〕十一月公開）が、セネットのスラップスティック・コメディの模倣だったことは、多くの先行研究や映画史がすでに指摘しているとおりだ。[12]それは、ハリウッドで映画制作の経験を積み、帰国後、谷崎とともに大正活動写真（以下、大活と略記）を立ち上げた監督トーマス栗原の方法でもあっただろう。[13]

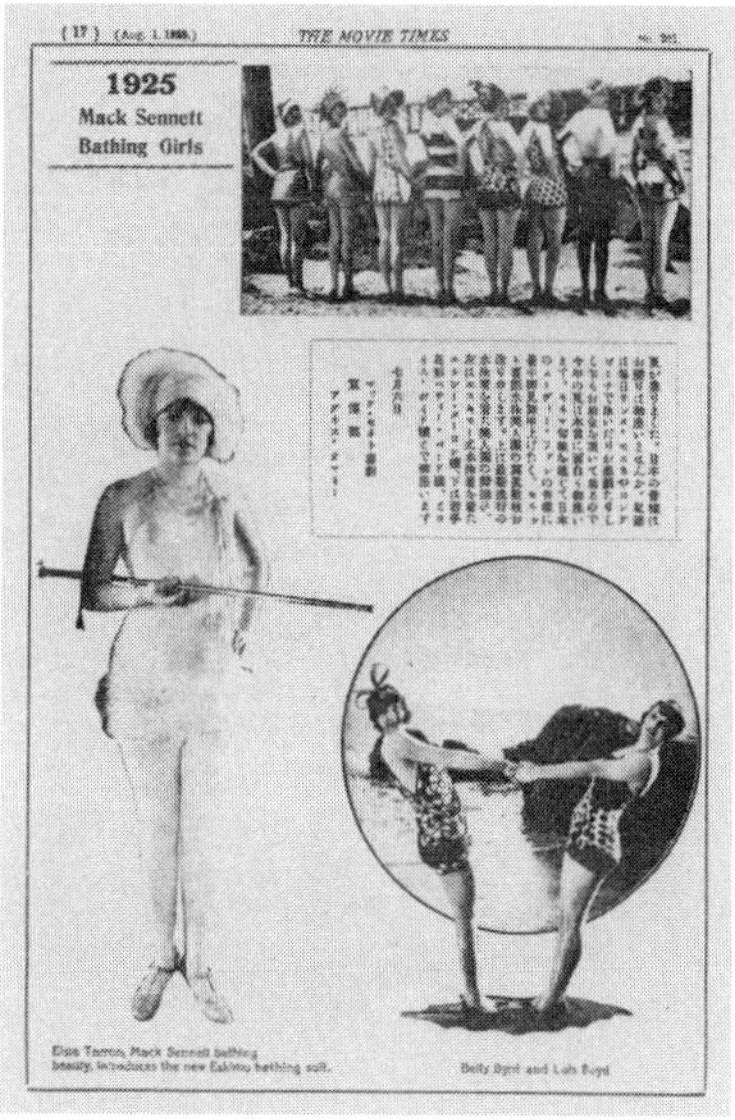

図20　「Bathing Girls」
（出典：「キネマ旬報」1925年〔大正14年〕8月1日、キネマ旬報社）

Bathing Beauties同様、この映画で水着姿を披露する三浦千鶴子役の葉山三千子は、その肉体を「肉付の曲線美」[14]や「豊潤な体格」[15]とも評され、彼女の肉体美に関心が向けられてはいるが、映画のなかで、物語の本筋とは無関係に登場したと言われるBathing Beauties[16]のような役割を担ったわけではない。現存するシナリオを見ると、[17]確かに映画の前半部分では、鎌倉由比ヶ浜の海水浴場で水着を身にまとった千鶴子が海で泳いだり、浜辺で青年たちと知り合ったりする場面があるが、後半部分では、水着ではなく鎧を着た千鶴子が泥棒を追いかけてスクリーンを走り回ることになり、いわば千鶴子自身がこの喜劇の中心人物として設定されているのである。『アマチュア倶楽部』の映画評は賛否両論[18]あったが、興行的には「何処へ上映しても大入客止の騒ぎだつた[19]」と伝えられる。その理由はともかく、この映画の人気は、水着を身にまとった女性が泳ぎ、男性と知り合ったりする海水浴場のイメージをひとびとに広めたことも意味しているだろう。そしてそれは、この映画がアメリカのスラップスティック・コメディの模倣だという意味でアメリカの海辺イメージの吸収であり、そのイメージがひとびとに広まったということでもある。

ちなみに、『アマチュア倶楽部』には続篇があり、トーマス栗原監督のもと、ヘンリー小谷や葉山三千子らが出演した、『続アマチュア倶楽部』（製作：ヘンリー小谷映画社）が一九二三年（大正十二年）四月に公開されている。「キネマ旬報」誌上では「極く軽い海浜喜劇といつた様な所を狙つたらしいが、要するに失敗して居る[20]」と酷評された映画だが、この映画の表現形態が「海浜喜劇」という枠組みのなかで認識されている点に注意したい。『アマチュア倶楽部』が契機となり、「海浜喜劇」という語で捉えられるような映画が日本の映画界に再生産され、ある種のステレオタイプとして定着するようになったのである。[21]

6　映画のなかの海辺と肉体

例えば、一九二四年（大正十三年）八月に上映された松竹キネマ（以下、松竹と略記）の『海は笑ふ』（監督：島津保次郎）に寄せられた山本緑葉の評は、「海浜喜劇として勿論上の部に属すべき映画ではあるが、只不満なのは何故もつと美しい所謂セネット・ガールを出さなかつたと云ふ事である。それは海浜喜劇には是れ必要な附属品ではあるまいか」(22)と、「海浜喜劇」というジャンルにこの映画を据えて、Bathing Beauties のような存在を求める認識の枠組みを示している。

一九二六年（大正十五年）夏に上映された松竹の『裸騒動記』（監督：鈴木重吉）も、「大磯海岸で水泳着を着た肉体美のモダンガール」が中心の「海浜喜劇」と紹介され(23)、佐藤雪夫に「マック・センネットでも狙つたのかも知れぬが悪趣味作品」(24)と酷評されている。同じ頃に上映された日本活動写真（以下、日活と略記）

図21　「素敵な美人」広告
（出典：「キネマ旬報」1926年〔大正15年〕8月21日、キネマ旬報社）

の『素敵な美人』（監督：村田実）も、「セネットもどきの海水浴美人喜劇」「海浜喜劇」というキャッチフレーズで宣伝された（図21）。

これらの映画が『アマチュア倶楽部』を実際に意識していたかどうかはわからないが、大正末期頃からスクリーンに登場し始めた水着姿の女優たち[25]は、それまでの海辺のイメージをいささか異なったものに変えていったのではないだろうか。むろん、それは「海浜喜劇」だけによるものではない。この時期の映画そのものが、現在以上に肉体、特に女性の肉体を表象するメディアとして意味づけられ、観客からもそのような期待が寄せられていたからでもある。そして、それが海辺という舞台を選び取ったとき、女性の肉体の露呈と海辺とを密接に結び付けたイメージを形成していくことになるのである。

こうした海辺と肉体をめぐる表象は、谷崎と同時期に映画制作に乗り出し、映画史でしばしば日本映画の革新運動の草分けとして位置づけられ、純映画劇運動を主導したと言われる帰山教正[26]の映画にも及んでいる。大活で『アマチュア倶楽部』制作に関与する以前から、谷崎が芸術表現としての映画に可能性を感じていたことは、「活動写真の現在と将来」（「新小説」一九一七年〔大正六年〕九月、春陽堂）などでよく知られているが、ここで明かされている既存の日本映画への嫌悪は、それが抱え持つ問題点として谷崎や帰山など映画愛好者の一部に共有された認識だった[27]。

帰山教正も、『活動写真劇の創作と撮影法』（飛行社、一九一七年〔大正六年〕）という映画理論書を刊行し、そのなかで「誤れる日本の映画劇」として、谷崎と同様に既存の日本映画を批判している。その後、帰山は本格的に映画制作に乗り出し、外国映画のような撮影法を取り入れて、一九一八年（大正七年）に『生の輝き』（製作：映画芸術協会）、『深山の乙女』（製作：映画芸術協会）を完成させた。

注目すべきは、一九二〇年（大正九年）六月に公開された帰山の『幻影の女』（製作：映画芸術協会）である。公開当時の「活動写真雑誌」（一九二〇〔大正九年〕五月、八展社）が紹介しているこの映画の梗概によれば、『幻影の女』には、吾妻光子演じる女性が「海辺に来ると衣服を脱いで裸体となり楽し気に舞踏を初めた」場面が存在するという。[28] 裸体をスクリーン上に映し出すことは、肉体を表象する映画というメディアの必然的な帰結だったのだろう。

帰山による純映画劇運動の成果の一つである『幻影の女』は、海水着美人を用いた「海浜喜劇」とは異なるレベルの映画だが、海辺と肉体の関係をめぐる表象という点では通底している。「海浜喜劇」の海水着美人が、女性の肉体の露呈を可能なかぎりスクリーン上に映し出すものだったとすれば、帰山の「裸体」の撮影は「純映画劇」という運動のなかでそれを表現したにすぎない。

このような海辺における裸体の表象と、谷崎の「痴人の愛」の一場面は決して無関係ではないだろう。次の引用は、酔っぱらって夜の浜辺を男友達とともにぶらついているナオミを、譲治が物陰から盗み見ている場面である。

彼等は私には気が付かないで、小屋の前から波打ち際へ降りて行きました。浜田に熊谷に関に中村、――四人の男は浴衣の着流しで、そのまん中に挟まつたナオミは、黒いマントを引つかけて、踵の高い靴を穿いてゐるのだけが分りました。彼女は鎌倉の宿の方へ、マントや靴を持つて来てはゐないのですから、それは誰かの借り物に違ひありません。(略)ナオミはいきなりツカツカと私の前へやつて来て、ぱつとマントを開くや否や、腕を伸ばして私の肩へ載せました。見ると彼女は、意外も意外、マントの下に一糸をも纏つてゐませんでした。

「何だお前は! お前は己に恥を掻かせたな! ばいた! 淫売! ぢごく!」

「おほほほほ、」

その笑ひ声には、酒の匂がぷんぷんしました。


この引用個所については、従来、ピナ・メニケリ出演のイタリア映画『Il fuoco』(一九一五年、邦題『火』として一九一七年〔大正六年〕日本公開、のちに公開禁止)の一場面との関係が指摘されてきた。メニケリが演じる女性詩人が、若い男性画家の目の前で身に着けていた衣服を脱ぎ、全裸になる場面で、それをふまえてナオミの娼婦性や魔性が読み取られてきたのである。[29]ただし、映画『火』のなかの全裸の場面はアトリエのなかに設定されていたようで、[30]ナオミが裸体をさらす海辺という場とは無関係だ。むしろ、これまで確認してきたように、このナオミの海辺での裸体は、同時代の映画と通底した、海辺と肉体との関係性をめぐる表象のなかから生成したものと捉えたほうが妥当だろう。それは、帰山の『幻影の女』が谷崎の視野に入り、[31]それを「痴人の愛」に適用したということではない。映画というメディアのなかで様々に細部を変容させながら共有され、蔓延していった海辺と肉体をめぐる表象のなかに、帰山の『幻影の女』のそれは包含されていて、映画的表象をふんだんに吸収した「痴人の愛」もまた同様だということだ。

7 肉体を表象する映画

大正末期の映画における肉体の表象の振れ幅を追ってきたが、肉体を表象するメディアとしての映画の位置[32]については、大正期に続々と輸入されてくる外国映画や、その模倣とも言える日本映画に出演した俳優たちをまなざし、それを語る言説を見ればなおわかりやすい。

例えば、「アポロ役者」(「活動写真雑誌」一九一七年〔大正六年〕十一月、日本活動社)や笠森仙之助「ヴィナスと映画界の花形」(「活動倶楽部」一九一九年〔大正八年〕九月、活動倶楽部)は、映画俳優の肉体をギリシャ神話のアポロやビーナスになぞらえ、アポロ像やミロのビーナス像、メディチのビーナス像の身長や身体部位の寸法と実際の映画俳優のそれとを比較する形で、その美のありようを論じている。また、映画雑誌「活動倶楽部」の「男性美号」(一九二〇年〔大正九年〕三月、活動倶楽部)や「女性美号」(一九二〇年〔大正九年〕七月、活動倶楽部)の刊行も、そのような文脈のなかでのことだろう。

この事実だけを見れば、確かに、いずれの性の肉体にも美を見いだす傾向はあるとしても、他がそうであるように、美という概念で捉えられるのは圧倒的に女優のほうだったことは言うまでもない。先に述べたような海辺での女性の肉体の露呈も、その女性美のなかに女優に対する性的まなざしが内包されていることは明らかである。そのような力学のもとに、「女性美号」は、海外の映画女優たちを参照軸にして女性美を捉えている。

例えば、緑川春之助（野田高梧）「女性美」は、事細かに女性の肉体のありようを規定する形で「女性美」を論じている。以下はその一節だ。

良い形にフーワリと出てゐる胸部の曲線の下方から、下腹部へかけて引かれる線は殆んど真直な斜線でなければならない。それに対して、背部は肋骨の三分の二ぐらゐの処から内部へ曲つて、臀部との間に一大湾曲を形造つてゐるのが理想である。臀部は形好く飛出してゐて、幾分か大きいと思はれる位のものが可い。（略）

次に述べなければならないのは、下半身の形である。先づ大腿部は太く倒円錐形を示してゐなければ可けない。膝は出来るだけ小く、脛は余りふくれずに、思ひ切つて長く、くろぶしの上で細くくびれてゐるのを理想とする。

ここでは、女性の身体は幾何学的に捉えられ、その美の自明性を前提にした論理が展開されている。事細かに語られるこの理想の肉体にフェティッシュな欲望が潜在していることは明らかで、その理想の肉体を具現化した例として女優の固有名も紹介されている。

こうした映画女優たちの肉体へのまなざしは、当然のことながら一般の映画ファンにも共有されていて、「キネマ旬報」（一九二五年〔大正十四年〕九月一日、キネマ旬報社）に寄せられた塩瀬栄太楼という読者の投書「真夏の昼の夢」は、「みつど・さんまあ………うみ………べいじんぐがある………／真白い肉体に、とりどりの模様の海水着が、喰ひこむ様に、吸ひついてゐる。／若い女たちは「お手々をつうないで」笑つてゐる」と、例のBathing Beautiesの肉体の魅力を夢見心地に語る一方、日本の映画女優の肉体の貧弱さを皮肉っているという内容だ。先の緑川春之助の記述同様、肉体に焦点を合わせる形で欧米の女優を語る語りのありようと、例えば「痴人の愛」の譲治の語りとが通底していることは言うまでもない。

映画研究者の藤木秀朗は、一九一〇年代のアメリカの女優の写真は、その衣装の形状や着こなしが身体の質感や曲線を部分的に露出・暗示し、それを見る者の性的関心を引き起こそうとするものであり、また、一〇年代後半には、欧米の映画スターの身体イメージが、当時の日本の女性誌を中心にして広まった「肉体美」や「表情美」という概念と相俟って、「自然」と見なされるような価値基準を呼び込んでいったと指摘している。(33) つまり、それは、欧米の映画俳優たちの身体が、男性美、女性美を具現化したものとして捉えられていたと同時に、映画俳優のイメージの流通こそが、男性美や女性美の規範を作り出し、再編したということでもある。

おそらく、『アマチュア倶楽部』や、その二番煎じのような「海浜喜劇」映画、あるいは帰山教正の『幻影の女』の海辺での肉体の露出も、このような状況のもとで可能になった表象と言えるだろうし、「痴人の愛」に描かれた前掲の海辺の場面も、そのような文脈のなかに置かれるべきだろう。映画が、事物や事象を再現表象する媒体ではなく、表象の域を超え、「現実」に先行し、いずれは「表象」でさえなくなってしまう状況を生み出すとすれば、前述した海辺と肉体をめぐる表象が蔓延した結果として、映画がもたらすような海辺への期待がひとびとのなかで練り上げられていったことになるだろう。

8 女性スポーツとしての水泳

映画が女性の肉体を表象し、女優の肉体が美の規範とされていく状況が資本の力と連動して大衆の身を囲み始めると、その美のありようを模倣し、体現化する方法が求められていくことになる。本章の冒頭で述べたように、当初、女性の水泳は「海国女子」という語のもとに意味づけられていたが、大正末期（一九二五年前後）には違う様相を示し始める。すでに「海国」という国家環境のもとに一定の価値を与えられていた水泳は、それが女性たちに徐々に実践されるようになるにしたがって、女性の属性に沿った形で意味づけ直されることになるのである。

例えば、前掲した『女性肉体美学』は、「日本は海国だから海に親めなんかといふ、議論も最早とつくの昔に過ぎ去つたではありませぬか。今は実行の時代であります」と断言し、国家環境とは別のレベルの論理を女性の水泳に求めている。本田存「游泳の普及は先づ女性から」（「体育と競技」一九二二年〔大正十一年〕八月、大日本体育学会）は、「一体女子の身体には、男子より比較的脂肪が多いから、水に浮び易く、又水中にありても、冷へが遅い」という生物学的な適性と、「将来母となつた際、子供を游がしめる為めにも、自身の練習が必要である」という母親としての役割から、女性の水泳を推奨している。

『女性肉体美学』は女性の「運動」として水泳を取り上げたが、さらにそこに肉体美という概念が加わると、その結び付きはより強固なものになっていく。出口林次郎「夏季スポートとしての女子水泳」(「公衆衛生」一九二四年〔大正十三年〕八月)は、女子が運動競技を選ぶ際の五つの注意点を掲げるが、例えば、その一つに「女子の備へたる肉体美と容貌美、皮膚の美とを失はぬ様な運動、及び其の曲線美、律動的な手脚、身体の運動可能性を失はしめぬ様な運動を択ぶこと」というものがあり、「水泳の特徴の出発点は裸体で行ひ、(略)水の湛ふる美と女性の肉体の美とは切つても切れぬ縁がある」ことを理由の一つとして、水泳を女子スポーツの第一位に推している。ここでも、水泳への女性の適性はその身体の生物学的側面に求められていて、ヨーロッパの絵画で表象される女性の肉体と水との関係性を理由にその適性が指摘されている。前述したように、アネット・ケラーマンなどの映画女優はビーナス像の身体と比較して論じられていたが、運動がもたらす女性の肉体美の規範として位置づけられているのもやはりビーナス像[34]であり(図22)、肉体のありようが問題化される肉体美の文脈で、肉体の露出を必然的に伴う水泳が女性へ適用されていった過程はわかりやすい。

図22　「婦人の体育はこの美へ」
(出典:「体育と競技」1922年〔大正11年〕11月、大日本体育学会)

つまり、映画やスポーツが大衆化していっ

た大正末期頃から、映画俳優によって体現化され、同時にスポーツとしての水泳によって健康へと還元される肉体美というイデオロギーが、海辺の表象を取り巻くようになるのである。この場の女性の肉体は、美的であるか否かを常に判断される視線を帯びることになり、その際の基準として参照され続けていたのがビーナス像だった。ビーナス像は美術・映画・スポーツといった領域を超えた表象として、半ば通俗的な形で共有されていたのである。

ちなみに現在でも、そうした女性の肉体は変わらずに求められていると言えるだろう。その美の基準は、現在では肉体を売り物とする芸能人やファッションモデル、スポーツ関係者たちが担っていると思われるが、そうした感性自体は、映像メディアやスポーツがひとびとの身近なものになっていく大正期に育まれていったのではないだろうか。

9　まなざしと接近

さらに、前に紹介した図16の「海水浴のお召物」に記されているように、海水浴場が「一種の派手を競ふ場所」でもあるとすれば、その場は肉体と海水着の双方、そしてその境目へのまなざしを活性化する場にもなっていくだろう。むろん、そのまなざしは性的な欲望を内包するものであり、性差がもたらすまなざしの偏重が海辺という場に交錯することになる。第1章でも述べたとおり、そのまなざしの交錯こそが、見知らぬ男女を接近させていくきっかけを作り出すのだ。

大正末期にも、海水浴や避暑地という場で、女性へのまなざしを介して海辺で男女が出会う物語が、様々な表現領域で反復され続けている。第1章で取り上げた正岡子規「月見草」や江見水蔭『海水浴』など明治三十年代の文学作品は、「女神」や「弁財天女」にたとえられた海辺の女性たちとの出会いを描いていたが、一方で、大正期の文学作品における海水浴場での男女の接近は、友人・血縁関係を介した出会い、再会のパターンが多い。

例えば、久米正雄の戯曲「夏の日の恋」(『阿武隈心中――久米正雄戯曲集』新潮社、一九二一年〔大正十年〕)には、湘南の避暑地を舞台に、友人を介して知り合った女性との失恋を繰り返す「醜男」の劇作家・水木が登場する。この戯曲での海辺は、男女が出会い、恋愛関係を作り上げる場であると同時に、水木にとっては孤独であることを突き付けられる場でもある。

「夏の日の恋」は一九二三年(大正十二年)五月に帝国劇場で上演され、二八年(昭和三年)八月には野村芳亭の監督で映画化もされた。映画上映時の北川冬彦の評を参照すると、「海浜納涼映画」「新派喜劇映画」として捉えられ、出演者の海水着姿もその見どころだったらしい(35)。原作には、海水着をまとった作中人物の身体が強調されているような場面はないが、これもあのBathing Beautiesを模した「海浜喜劇」と同じ文脈に置かれていたのかもしれない。

大正後期に「東京朝日新聞」に発表された三つの新聞連載小説、長田幹彦「闇と光」(一九二〇年〔大正九年〕六月―二一年〔大正十年〕二月)、吉屋信子「海の極みまで」(一九二一年〔大正十年〕七―十二月)、辻本和一「晴れゆく空」(一九二三年〔大正十二年〕十一月―二四年〔大正十三年〕三月)でも、やはり海水浴場が友人・血縁関係を介した出会い、再会の場として位置づけられていて、

「晴れゆく空」に至っては、「まあ、お友達？どうして知つてるの？不思議ね、東京の方？こんな土地で巡逢つて全つ切小説のやうね」といった、出会いの物語に対するメタレベルの言及も見える。ただし、「闇と光」「海の極みまで」では、友人・血縁関係を介さずに海辺で女性と知り合おうとする「不良青年」も登場し、「闇と光」では、作中の女性が夜の浜辺の散歩から帰宅する途中で不良青年に襲われるという事件も描かれている。実際、当時の海水浴場では不良少年や不良青年の出没が問題になっていたらしく[36]、その存在が海辺で見知らぬ男女が出会う物語のなかに組み込まれたのだろう。

海辺での女性の肉体へのまなざしについても、すでにこの時期の海辺に付随するものであることを前提として表象されていて、肉体を見る主体としての男性と、見られる客体としての女性という関係性のなかに置かれている。例えば先の吉屋信子「海の極みまで」には、女性が肉体を見られるという意識、また海水着を身にまとうことでさらされた肉体への羞恥、あるいは、派手な水着をまとうことで見られる身体を反転させた、女性の見せる身体に連なるような意識も描かれている。その一方で、それらを見る視線は常に男性のものとして固定され、揺るがない位置に置かれる。

こうしたまなざしの関係性、あるいは肉体へのまなざしは、見知らぬ男女の接近を促す装置となるようだ。例えば、芥川龍之介「海のほとり」（「中央公論」一九二五年〔大正十四年〕九月、中央公論社）は、そうした感覚を表象する小説である。

Mの何か言ひかけた時、僕等は急に笑ひ声やけたたましい足音に驚かされた。それは海水着に海水帽をかぶつた同年輩の二人の少女だつた。彼等は殆ど傍若無人に僕等の側を通り抜けながら、まつすぐに渚へ走つて行つた。僕等はその後ろ姿を、——一人は真紅の海水着を着、もう一人は丁度虎のやうに黒と黄とだんだらの海水着を着た、軽快な後ろ姿を見送ると、いつか言ひ合せたやうに微笑してゐた。

「彼女たちもまだ帰らなかったんだな。」

Mの声は常談らしい中にも多少の感慨を託してゐた。

「どうだ、もう一ぺんはひつて来ちや?」

「あいつ一人ならばはひつて来るがな。何しろ『ジンゲジ』も一しよぢや、………」

僕等は前の「嫣然」のやうに彼等の一人に、——黒と黄との海水着を着た少女に「ジンゲジ」と言ふ諢名をつけてゐた。「ジンゲジ」とは彼女の顔だち(ゲジヒト)の肉感的(ジンリッヒ)なことを意味するのだつた。僕等は二人ともこの少女にどうも好意を持ち悪かつた。もう一人の少女にも、——Mはもう一人の少女には比較的興味を感じてゐた。のみならず「君は『ジンゲジ』にしろよ。僕はあいつにするから」などと都合の好いことを主張してゐた。

「そこを彼女の為にははひつて来いよ。」

「ふん、犠牲的精神を発揮してか? ——だがあいつも見られてゐることはちやんと意識してゐるんだからな。」

「意識してゐたつて好いぢやないか?」

「いや、どうも少し癪だね。」

(傍点は引用者)

この小説の「僕」の語りでは、「真紅の海水着」と「黒と黄とだんだらの海水着」といった女性の海水着のデザインの差異が意識され、名を知らぬ女性にその容貌の特徴からあだ名が付けられている。当然この「僕」の語りは、海水着をまとった二人の女性の肉体を見るところに成立するものであり、そのなかで女性の見られる意識が男性側に推し量られていることになる。実際に女性が「見られてゐることはちやんと意識してゐる」かどうかは定かではないが、そのようなものとして捉えているところに男性の欲望を読み取ることも可能だろう。

小説の語りが「僕」の一人称で構成されていることによって、読者は「僕」の視線をなぞりながら海辺の場面を捉えるような読み方を強いられ、「僕」やMの視線は表象であるにもかかわらず、彼らの見る視線だけが読者に与えられることになる。前章で述べたことをふまえれば、海辺の女性たちに対してホモソーシャルな関係にある「僕」やMの視線を、読者もまた共有することになるのだ。

結果的に、「僕」やMは二人の女性と直接会話を交わすことはないが、女性を見るまなざしや、二人の男性が想像する女性の見られる意識は、この二人の男性と女性とが接近していく条件として男性側に認識されていることになるだろう。男性が海辺で見かけた女性を海水着や肉体、容貌といった点から判断し、男性が想定する女性の見られる意識を描いているのが、「海のほとり」という小説なのである。

10　まなざしの振れ幅

このようなまなざしの関係性は、すでに同時代に風刺され、相対化されてもいる。例えば、「派手な海水着を着て浜の砂に様子ぶつて坐り男の注目をひくのが目的の令嬢」を描いた岡本一平「海へ入らぬ人」（図23）は、男性たちのホモソーシャルな関係性と海辺の女性の身体に対する欲望が表象されている漫画で、身体を見られ、見せる女性の意識と、その身体を凝視する男性たちの意識が風刺されている。

こうした見られる意識を内面化し、それを主体的に横領していくと、そこには見せる意識が立ち

図23　岡本一平「海へ入らぬ人」（出典：「東京朝日新聞」1923年〔大正12年〕8月13日付）

上がっていくことになるだろう。例えば、原阿佐緒の「人魚」（「女性」一九二四年〔大正十三年〕七月）には、「肉いろ」で「自分の体にぴつたりと合ふ水着」を着た女性の姿が、月光のなかで「全身裸とすこしの相違も見出せ」ず、「羞恥を含んだ中にも、ある誇らはしげな処をもつてゐるので、動作にも無理がなく、四肢も自由に大胆に張つてゐる」という、男性のまなざしを取り込んだ表現が見られるし、先に挙げた「痴人の愛」でのナオミの全裸の表象も、このような文脈のなかで捉えることが可能だ。しかしこれらは、女性によるまなざしの主体的な横領というよりも、見られる存在であることを受け入れたうえでの主体性という意味で、男性側の欲望に全面的に呼応した表象だとも言える。

そのような意味で、これらよりやや早く公にされた『アマチユア倶楽部』に改めて注目すると、そこには微妙な表象の差異が見られる。以下は、シナリオにおける当該の場面である。[37]

●第卅八場　屋外　ビーチ
千鶴子水から上り青年の一群から少し離れた場所に足を投げ出して休む。（青年を後方に入れ撮影）
●第卅九場　屋外　ビーチ
四人は時々からかふ様な眼つきで彼の女をチラ〳〵と偸み視ながら話し合つて居る。
●第四十場　屋外　ビーチ
接写。千鶴子はつんとして肩をいからして彼等を睨み付ける。

●第四十一場　屋外　ビーチ
卅九場の続き……四人の内、服部が手を挙げて失敬をする。
●第四十二場　屋外　ビーチ
千鶴子は思はずニコニコと笑ふ。
●第四十三場　屋外　ビーチ
四人はそれをきつかけに千鶴子の傍に来る可く立ち上る。
●第四十四場　屋外　ビーチ
遠写、千鶴子をFGに……四人BGより来りて千鶴子の囲に座す。

青年たちは水泳を得意とする千鶴子に注視し、それが旧家の娘であることを伝え聞き、「からかふ様な眼つき」で千鶴子を「偸み視」している。シナリオには明示されていないが、そのまなざしは海水着を着た千鶴子の肉体をも捉えているだろう。そうした青年たちのまなざしを跳ね返す千鶴子の「睨み付ける」まなざし、そしてまなざしの非礼を詫びる青年の挙手をきっかけにした双方のまなざしの融和によって、近代の海辺での儀礼的無関心は崩れていく。

ここには、明治三十年代のロマンチシズムに満ちた出会いや、大正期の小説によく見られる友人・血縁関係を介した出会い、再会とは違う接近が表象されている。相変わらず、複数の男性によるホモソーシャルな関係のなかで一人の女性がまなざしの対象になっているが、千鶴子の「睨み付ける」まなざしと青年たちのまなざしの融和という微妙な差異が生じているのだ。これは小説と映画という表現技法の違いがもたらしたものかもしれないし、アメリカの海辺イメージを吸収した『アマチュア倶楽部』という映画それ自体の性質がもたらしたものかもしれない。海辺に交錯するまなざしは見る男性と見られる女性という関係に還元されやすいが、その関係に振れ幅があることもまた確かなのである。

注

(1) 輿水はる海「二階堂トクヨ(登久)著『体操通俗講話』」、片岡康子ほか監修『女子体育基本文献集別巻解説(女子体育の研究)』所収、大空社、一九九五年、参照

(2) 前掲『結核の文化史』参照

(3) ジョージ・L・モッセ『男のイメージ――男性性の創造と近代社会』細谷実/小玉亮子/海妻径子訳、作品社、二〇〇五年、参照

(4) 荻野美穂「一九二〇年の「男性美」――「日本及日本人」の誌面から」、荻野美穂編著『〈性〉の分割線――近・現代日本のジェンダーと身体』(「日本学叢書」第二巻)所収、青弓社、二〇〇九年、参照

(5) 同論文参照

(6) 川村邦光『オトメの身体――女の近代とセクシュアリティ』紀伊國屋書店、一九九四年、参照

(7) 海野弘『ダイエットの歴史――みえないコルセット』(Shinshokan history book series)、新書館、一九九八年、原克『美女と機械――健康と美の大衆文化史』河出書房新社、二〇一〇年、参照

（8）大場一義編・解説『近代体育文献集成 第一期別冊（解説編）』日本図書センター、一九八二年、参照

（9）児玉数夫『無声喜劇映画史』（東京書房社、一九七二年）、新野敏也原文作成、石井良和ほか編『サイレント・コメディ全史』（喜劇映画研究会、一九九二年）、ジョルジュ・サドゥール『世界映画全史』第七巻（丸尾定／村山匡一郎／出口丈人／小松弘訳、国書刊行会、一九九七年）などを参照。

（10）Madison S. Lacy and Don Morgan『脚線美伝説――レッグアートの女神たち』伴田良輔編訳、ベストセラーズ、一九九六年、荒俣宏『セクシーガールの起原』朝日新聞社、二〇〇〇年、参照

（11）斎藤淳「『痴人の愛』――デミル映画の痕跡」「立教大学日本文学」一九九一年三月、立教大学、参照

（12）山本喜久男『日本映画における外国映画の影響――比較映画史研究』（早稲田大学出版部、一九八三年）、千葉伸夫『映画と谷崎』（青蛙房、一九八九年）、佐藤忠男『日本映画史』第一巻（岩波書店、一九九五年）などを参照。

（13）佐藤忠男「ハリウッドの日本人たち」（今村昌平／佐藤忠男／新藤兼人／鶴見俊輔／山田洋次編『日本映画の誕生』〔「講座日本映画」第一巻〕所収、岩波書店、一九八五年）などを参照。

（14）「国民新聞」一九二〇年（大正九年）十一月二十七日付

（15）近藤伊与吉「近頃見た日本映画について感じたこと」「キネマ旬報」一九二一年（大正十年）一月一日、キネマ旬報社

（16）前掲『サイレント・コメディ全史』参照

（17）『アマチュア倶楽部』のシナリオは「活動雑誌」（一九二一年〔大正十年〕六月―十月）に掲載され、紅野敏郎／千葉俊二『資料 谷崎潤一郎』（桜楓社、一九八〇年）に所収されている。

（18）合歓のつぼみ「メモの中から」「キネマ旬報」一九二〇年（大正九年）十二月二十一日、キネマ旬報社、前掲「近頃見た日本映画について感じたこと」、佐藤喜一郎「大活の有楽座興行を観て――『其夜の懺悔』と『アマチュア倶楽部』と『審きの日』と」「活動画報」一九二一年（大正十年）一月、正光社、参照

（19）石上敏雄「映画十年」、大阪毎日新聞社／活動写真研究会編『映画大観』所収、春草堂、一九二四年（大正十三年）

（20）「主要映画批評」「キネマ旬報」一九二三年（大正十二年）五月一日、キネマ旬報社

（21）前掲『日本映画における外国映画の影響』参照。山本は、同書のなかで「もともと消費喜劇としてのスラップスティック喜劇は、自動車、洪水、爆弾などの大がかりな消費の点では日本化がむずかしい。そのような経済力がない。したがって、日本映画はそのエネルギーを海浜で動きまわる人間の肉体に求めるのである」と述べている。

（22）「主要映画批評」「キネマ旬報」一九二四年（大正十三年）九月一日、キネマ旬報社

（23）「各社近作日本映画紹介」「キネマ旬報」一九二六年（大正十五年）八月二十一日、キネマ旬報社、参照

（24）「主要日本映画批評」「キネマ旬報」一九二六年（大正十五年）九月一日、キネマ旬報社

（25）石割平編著、円尾敏郎編『美人女優 戦前篇（水着女優）』（ワイズ出版、二〇〇七年）には、大正末期から昭和初期に活躍した女優たちの水着ブロマイドが多く紹介されている。

（26）飯島正「日本映画の黎明――純映画劇の周辺」、前掲『日本映画の誕生』所収、吉田智恵男「帰山教正と『生の輝き』の出発まで」、同書所収、参照

（27）敏郎生「愚人の愚語か或は日本映画の欠点か」「キネマ・レコード」一九一六年（大正五年）九―

十月、キネマ・レコード社、参照

(28) 佐相勉『一九二三 溝口健二『血と霊』』(リュミエール叢書)、筑摩書房、一九九一年、前掲『日本映画史』第一巻、参照

(29) 山本喜久男「大活時代の谷崎潤一郎」、早稲田大学比較文学研究室「比較文学年誌」編集委員会編「比較文学年誌」一九六七年七月、早稲田大学比較文学研究室、前掲「「痴人の愛」——デミル映画の痕跡」参照

(30)「詩劇 火」「活動画報」一九一七年(大正六年)六月、正光社、飯島正『イタリア映画史』白水社、一九五三年、参照

(31) 前掲『映画と谷崎』は、「『アマチュア倶楽部』製作に刺激を与えたのは、この六月二十五日に帰山の映画芸術協会が公開した『幻影の女』だった」と指摘している。谷崎は、高峰秀子との対談「ベスト・テン映画、その他」(「キネマ旬報」一九五六年二月一日、キネマ旬報社)で、「僕らがアマチュアで映画を作っていたころ、帰山教正のところに吾妻光子という女優さんがいた」と、『幻影の女』に出演した吾妻光子を回想している。

(32) 一九二四年に刊行された映画論の古典、ベラ・バラージュ『視覚的人間——映画のドラマツルギー』(佐々木基一/高村宏訳〔岩波文庫〕、岩波書店、一九八六年)は、「肉体による表現力はつねに或る文化の発展の最終の達成である」とし、映画を「精神が直接に肉体化したもの」と位置づけている。帰山教正『映画の性的魅惑』(文久社書房、一九二八年〔昭和三年〕)も、肉体に対するフェティッシュな欲望を喚起する媒体として映画を捉えている。

(33) 藤木秀朗『増殖するペルソナ——映画スターダムの成立と日本近代』名古屋大学出版会、二〇〇七年、参照。概してこのパラグラフは藤木の研究によっている。

(34) 雑賀三省『女子体育学』(広文堂書店、一九二四年〔大正十三年〕)にも、巻頭に「理想美」としてビーナス像の口絵が掲載されている。
(35) 「主要日本映画批評」「キネマ旬報」一九二八年(昭和三年)九月二十一日、キネマ旬報社、参照
(36) 生方敏郎「海水浴遭難記」「中央公論」一九二一年(大正十年)八月、中央公論社、参照
(37) 引用は、前掲『資料 谷崎潤一郎』による。

第5章　不良から太陽族へ——海辺と〈アメリカ〉

1　海水浴場の不良たち

前章で少しふれたように、大正期には海辺でまったく見知らぬ女性と知り合おうとするような「不良」たちについての記述が見え始める。この海水浴場の不良たちについて、当時の新聞記事をいくつか確認しておこう。

一九一四年（大正三年）七月八日付の「東京朝日新聞」には、「●休暇と不良学生　▽彼等は暑中休暇に　▽如何に跳梁するか」という見出しの記事が掲載され、警視庁のある人物による談話形式で、夏季休暇で帰省したときに郷里で窃盗を犯したり、女性を誘惑・脅迫したりする「半商売人的」不良学生と、熱海、修善寺、箱根、鎌倉などの避暑地まで遠征して、婦女誘拐や強盗などの、より過激な悪事をはたらく「本業的不良青年」を警戒するように説いている。学生層が休暇で自由な時間を得る季節であるためか、「夏は、人間の生活が自由に開放されるのでありますが、其の代りにまた人を堕落させる誘惑の魔の手も、夏は殊に長く伸びてゐるのを知らなければなりません」（「婦人と社会」「読売新聞」一九一八年〔大正七年〕八月一日付）と説く新聞記事も見える。次の引用も同様の記事だ。

避暑地では　気を許すな　不良少年の跋扈する好機会　取締の手が届かぬ
都の耐へ難い炎暑を山へ海へと避ける人々は年毎に殖えて、学校が休暇になつた近頃の市内各駅は湘南、房州其他の方面へと急ぐ人々のため大混雑で、海岸と云ふ海岸、温泉と云ふ温泉は何処も素晴らしい賑はさであるがその間にも恐ろしい不良少年少女の魔手は伸びてゆく、この程から警視庁が不良と認めて取調べた多くの男女の其大部分は昨年中山や海の避暑先に始まつてゐたと云ふ恐るべき事実がある、又避暑地の某海辺で七人の男に云ひ寄られ一生涯拭ふことの出来ない痛手を負つて今頃悔恨の涙に暮れてゐると云ふ市内某医師の令嬢もあり、海岸で知り合つた偽大学生のため、帰京後大きな損害を蒙つた家庭もある　『都を離れて父兄の監督が行き届かないためと、一つは行楽に来てゐると云ふことで皆の心持ちに弛みがあるから』と専門の刑事連は云つてゐるが、現在の処では警視庁などでも人員と経費の関係で避暑地先迄取締の手が伸びない、それがため『この予防警戒は各人の自発に俟つより外ない』とある、所謂軟派と称する不良の徒はこの避暑地先に入り込むためいろ〳〵な方法で金を蓄へ、如何にも良家の子弟の如く装つては贅沢三昧に浸りつゝ好機を狙つてゐる
（「東京朝日新聞」一九二三年〔大正十二年〕八月十日付）

不良に硬派と軟派があることは言うまでもないが、現在、男性が女性に声をかけて誘うことを「ナンパ」と称するのが、軟派の不良に由来するのはあまり知られていないようだ。このような、海水浴場での不良を警戒する記事や不良が起こした事件を報じる記事は、大正期から昭和初期の新聞紙上に散見され、戦争の影が忍び寄るまでの海水浴場の状況を伝えている。

一九三四年（昭和九年）八月九日付の「読売新聞」には、「不良のみを責められない　避暑地での性的な過ちを　心理的に観ると　すでに生理的の影響がある上に　線の動きが挑発する」という見出しで、当時著名な精神医学者だった金子準二の談話が掲載されていて、海水浴場での性的興奮の高まりを、「太陽光線、及び気温の齎らす生理的変化と半裸体の動きが働きかける心理的作用」や「汗とまた違つた一種の分泌物」が「血液中に入つて体内を循環すること」といった原因に求めている。その真偽はさておき、大正期から昭和初期にかけて、海水浴場での不良たちの行動が問題になっていて、その一つに婦女子の誘惑という行為があったことが、これら当時の新聞記事から確認できる。海水浴場は、そのような場としてもイメージされ始めていたのである。

2　湘南の戦中・戦後

昭和十年代（一九三五―四四年）に入って戦争の影が濃くなると、避暑や海水浴を楽しんだり、不良たちが海水浴場を荒らしたりすることを報じる新聞記事は少なくなっていく。例えば、「時局と涼しさ　避暑を〝返上〟　海も山も四、五割減」（「東京朝日新聞」一九三八年〔昭和十三年〕八月四日付）という見出しの記事を見てみよう。

鉄道省では銃後の夏を「体位向上の夏」として海へ山へと大いに宣伝したが、時局への遠慮や物資節減の影響、それにこの涼しさで、夏の前半七月中の海水浴、登山、避暑地の客は例年になく少く一日現在東鉄局の調査では海も山もともに三割減見当だが更に避暑地滞在客は四、五割の減少ぶりだ（略）湘南方面も日帰り客が多く一体に華美を避けてヒツソリ緊縮して居り、三十一日の日曜日の鎌倉への日帰り客は一万一千二百四十九人で昨年より九千余の減少を見せた

一九三〇年代末には、三六年（昭和十一年）開催のベルリンオリンピックや、三八年（昭和十三年）に公布・施行された国家総動員法の影響からか、あらゆるところで国民の「体位向上」が叫ばれるようになる。この時期には、海辺の海水浴もそのような形で意味づけられていたようだが、やはり減少傾向にあったことは否めない。本書で何度か取り上げてきた湘南地域も、その例外ではなかったことが記事からうかがえる。

さらに戦争が激しくなると、海水浴自体が禁じられもした。例えば、「鎌倉で海水浴禁止」（「朝日新聞」一九四四年〔昭和十九年〕八月八日付）という新聞記事では、鎌倉海岸の材木座、由比ヶ浜、

七里ヶ浜、腰越、片瀬一帯での海水浴は、「地元外の各種学校や団体は所轄憲兵隊の許可証を必要とし地元外の個人は全然許されない」ことが決定されたと報じている。少なくとも湘南の一部の地域では、海水浴場の機能自体が失われていたのである。[1]

そして敗戦後、湘南には別の政治力が及んでいくことになった。もともと湘南の茅ヶ崎海岸から辻堂海岸には江戸幕府の鉄砲場が設置されていて、その経緯からこの地は明治以降、日本海軍の演習場として利用されていた。[2] 敗戦後、占領軍に接収された施設には旧日本軍所有のものが多いが、辻堂演習場もまた「チガサキ・ビーチ」としてアメリカ軍の演習場となったのである。

アメリカ極東軍（占領軍）の機関紙*PACIFIC STARS AND STRIPES*の一九四六年（昭和二十一年）八月四日付のものには、編集部記者の伍長フランク・エメリーによる「占領軍兵士、鎌倉で保養、占領の気苦労から解放」という見出しの記事が掲載され、敗戦直後の湘南海岸の様子を伝えている。記事によれば、「週末ごとに三千名の入園者を記録するリビエラ・ビーチ・クラブは、米兵のお客を歓迎している。（略）週末ともなれば、リビエラ・ホテルは兵隊と日本人ダンサーでいっぱいになる。ハワイ風のリズムが、この日本の観光の街に中部太平洋の雰囲気を与える」[3]とあり、「コニーアイランドにどことなく似ている鎌倉の波は、波乗りたちに恰好だ」とも記され、図24に見られるような浜辺の混雑ぶりを伝えている。また、記事には水着姿の日本人女性（図25）も掲載されていて、「アメリカンスタイルの水着を浜辺で見つけるのは非常に稀だが、毎週末、アメリカの映画雑誌に見られる最新の水着を手本にして手作りしたような水着を身に纏った女性が数名現れる」といったキャプションが付されている。

図24 「PACIFIC STARS AND STRIPES」1946年（昭和21年）8月4日付

吉見俊哉の指摘[4]によれば、敗戦後に湘南海岸一帯に配置されていた多くのアメリカ軍施設は、この地の文化のありようを変容させていくことになり、例えば、この地にサーフィンが根づくきっかけを作ったのはアメリカ兵サーファーたちだったという[5]。また吉見は、一九五六年（昭和三十一年）に公開された映画『太陽の季節』（監督：古川卓巳）や『狂った果実』（監督：中平康）などの太陽族映画には、「当時の湘南海岸で蠢いていた欲望の政治学が、無自覚にも明瞭に描き込まれていた」と述べ、映画の背後に潜む〈アメリカ〉の文化力学を抽出している。確かに、*PACIFIC STARS AND STRIPES*に掲載された記事や写真を見ると、湘南海岸に張り巡らされていたその力学がはっきりと見て取れる。

周知のように、映画『太陽の季節』の原作は、一九五五年（昭和三十年）七月に文学界新人賞受賞作として同誌上に発表され、翌年一月に芥川賞を受賞した石原慎太郎の小説である。この小説のなかで、海辺は以下のように語られている。

> 休みに入って二週間すると、夏山から西村が帰り、葉山の彼の別荘にグループの連中は集まつた。津川兄弟は海水浴の雑沓を敬遠し、西村の別荘の臨んだ一色の海岸に浮標を廻した。船はハーバーに入るか、ここに舫われた。
>
> やがて東京の遊び人達は何処かの高原へ出掛けるか、さもなくば湘南の海岸に彼等の戦場を移すのだ。英子は葉山の別荘にやつて来た。元は華族の別荘だつた海浜のクラブやホテル、或いはヨットの遠乗りに二人は前よりも屢々一緒に遊んだ。がその一方、竜哉は着実に成績を収めている。デパートの売り子、雑誌では余りお目に掛らぬファッションモデル、美しくはあつても、彼に言わせればてんで頭の悪い大部屋の女優、等々。
>
> そんな話を時々彼は英子に報告した。英子は唯笑つている。それを見て竜哉の方が白けてしまつた。

図25　同紙

東京から湘南へと遠征して女性との関係を結ぶ竜哉の姿は、大正期の不良青年と同様だが、「太陽の季節」には、青年たちが女性を誘うのに用いる車やヨット、そのファッションや恋愛、セックスに対する感覚などの点で、特徴的な青年男女の姿が描かれている。不良たちがたむろする大正期以後の海水浴場イメージの延長上にあり、そのイメージを新たなものとしたという意味で、この小説や映画が果たした役割はきわめて大きい。その新たなイメージが、吉見の言うように〈アメリカ〉一色のものであるかどうかはさておき、まずはこの小説が評価され、映画となるまでの経緯を確認しておこう。

3 「太陽の季節」の商品性

「太陽の季節」は、文学界新人賞、芥川賞のいずれの選考でも毀誉褒貶の激しい作品だったが、評価のポイントになったのはその〈若さ〉と〈新しさ〉だった。芥川賞の選評には、「新人らしい新人」（石川達三）、「新鮮なみづみづしさ」（井上靖）、「思ひ切り若い才能」（川端康成）、「素直に生きと、「快楽」に対決し、その実感を用捨なく描き上げた肯定的積極感」（舟橋聖一）といったフレーズが見える。(6) いわば、「太陽の季節」一作のインパクトに、まだほとんど作品を公にしていない、弱冠二十三歳の青年・石原慎太郎の将来性への期待を込める形で、賞が授与されたことになる。

この芥川賞授与に否定的だった選者に、当時のベテラン作家・佐藤春夫や宇野浩二がいる。二人は、「太陽の季節」は「風俗小説」「通俗小説」的でジャーナリスティックな代物にすぎず、大衆迎合的だという理由でこの作品を否定している。この批判は、舟橋聖一や亀井勝一郎、中村光夫、山本健吉を交えた「「太陽の季節」論争」と呼ばれる論争へと展開した。(7) なかでも佐藤春夫は「太陽の季節」を「不良少年的文学」だと断じ、「いづれはベストセラーになり、そのうち映画にもならうといふたくましい商魂の産物」と選評での発言を繰り返し、それを「わが国の現代文学一般の風潮とそれを黙認して怪しまぬ現代」の問題だとしている。(8)

この佐藤春夫の論点には亀井勝一郎も同調していて、「太陽の季節」の「下心は現代センセーショナリズムへの媚態にすぎない」とし、「作品と作者の存在の仕方そのものが、今日ほど危機にさらされている時代はない。私たちは巨大なメカニズムの作用によって、無意識に一種の革命を迫られている。それは精神を死に導く革命である。すべてが極端に興行化されるのもその一例だ。文学の新人も、中村錦之助や美空ひばりと同様の形態を迫られるのではないか」と再度問題提起している。(9)

こうした批判は、佐藤春夫のような旧世代の作家や亀井のようなスタンスの評論家だけに共有されていたわけではない。例えば、左派の中野重治も石原慎太郎の「処刑の部屋」の評価をめぐって、石原は「日本文学芸能化のための「カモ」として支配的な大資本と政治との手でつまみあげられたことをよろこんでいる」とし、「ファシズムへ行こうとする勢力」のための「政治の道具」にされていると指摘している。(10)

「不良少年的文学」と批判され、さらには、〈文学〉の「興行化」と作家の〈タレント化〉を象徴する出来事と捉えられた「太陽の季節」の芥川賞受賞だが、こうした批判の背後には、佐藤春夫が指摘していたような映画化への動きが見え隠れしている。「太陽の季節」は、一九五五年（昭和三十年）七月に文学界新人賞を受賞した後、早くも日活が映画化権の交渉に乗り出し、芥川賞受賞後の翌年三月にはクランクイン、五月十七日には公開されているからだ。文学者たちの批判には、小説が売れることや映画化を通じて大衆の消費の対象になること、あるいは、作家がそうした場に積極的に加担していくことに対する嫌悪が含まれているのである。

このような作家・石原慎太郎の登場は、すでに当時から、「映画ジャーナリズム商魂の演出した新形式なのだ。文士のスター化、文壇の映画界化の端的なあらわれという点で新現象といってよい」(「今年の文壇十大ニュース」「読売新聞」一九五六年〔昭和三十一年〕十二月二十八日付)と指摘されていたことであり、文学状況における一つの〈変化〉として読み取られてもいる。しかし、このような変化は、石原の登場という一つの出来事に限定された問題ではないだろうし、文壇の変化は、「太陽の季節」が芥川賞を受賞する以前からすでに認識されていたことでもある。

例えば、亀井勝一郎・伊藤整・臼井吉見による座談会「今日の文学をめぐって」(「読売新聞」一九五五年〔昭和三十年〕九月二十六日付)で、臼井は、一九五五年(昭和三十年)七月の「群像」(講談社)誌上でおこなわれた「戦後の傑作は何か?」という読者投票[11]の結果をもとに、「歴然と現われたことは、文芸雑誌を読んでいる読者が好む作家と作品というものが圧倒的に戦後派以後のものとなって来ている。芸術院会員級の作家の作品に魅力を若い人が持っていないことがあれで察せられる。ここ十年で読者の非常に厳しい交代が、行われてきたと思う。文壇に変り目が来ているという感じだね」と発言し、「変り目」を認識し始めている。

「太陽の季節」が話題になった数年後、やはり石原慎太郎のデビューにふれた中村光夫「現代文学の可能性 最近の新人の進出ぶりについて」(「読売新聞」一九五八年〔昭和三十三年〕九月一日付)は当時の文学状況を整理し、「戦後文学の読者層が急激に増大し、新しい教育をうけた年代の青年たちが、ようやく彼等自身の要求を文学にたいして持ち出した結果、いわゆる文壇小説でも、その落し種のような中間小説でも満たされないひとつのかなり広い読者層ができてしまった」こと、「この新しい読者層と既成の文学との食いちがいの隙から、さまざまな新人や素人作家がでては消えて行くという状態が当分はつづくであろう」こと、「問題はただこれらの新人たちがだんだん一時的な消耗品に似たあつかいをうけるようになった」ことといった点を挙げている。

ここに指摘された現象は現在にも通じるような文学状況だが、仮に〈文学〉が消費物だとすれば、石原慎太郎や「太陽の季節」は、戦後大衆社会で〈文学〉が消費されていく傾向を強めたその〈変化〉にうまく呼応する性質を備えた、大衆向けの商品だったということなのだろう。その性質とは、石原のスポーティーなルックスだったかもしれないし、「太陽の季節」に内在するものだったかもしれない。

そのルックスについてはともかく、小説に内在するものを当時の評から引き出せば、加藤周一による、「「古い」ね、これは「金色夜叉」だ。涙で月が曇るんだから、海岸が熱海であると、申分がない」（荒正人／福永武彦／加藤周一「創作合評」「群像」一九五五年〔昭和三十年〕八月、講談社）という批判や、遠藤周作の「映画やラジオ・ドラマのシナリオの書き方」「モンタージュとカメラの移動のために要求されたシナリオ手法」（「「太陽の季節」論――石原慎太郎への苦言」「文学界」一九五五年〔昭和三十年〕十一月、文藝春秋）という指摘が、それを言い当てているかもしれない。これらはいずれも、「太陽の季節」が文学界新人賞を受賞した後、芥川賞を受賞する前の評であり、比較的早い段階での批評だが、この二人の論者による「金色夜叉」的であり、映画的であるという指摘は、この小説が大衆に受け入れられる要素を指していたとも言える。

4 映画化の適性

「太陽の季節」が発表された一九五五年（昭和三十年）、当時の文学の状況を語った言説では、先に挙げたような〈変化〉が至るところで形を変えて指摘されている。例えば、平野謙・小田切秀雄・福田恒存による鼎談「戦後十年の文学」（「群像」一九五五年〔昭和三十年〕八月、講談社）では「中間小説」にふれ、平野は「あれよこれよというちにとにかく中間小説という形で今の文壇は変革されたと思う」と述べ、福田は「近代文学というものはもう限界点に達しちやってるのじゃないかというのがぼくの日ごろの持論なんです。ですから片や革命を控え、片やコマーシャリズムあるいはマス・コミュニケーションを控え、その間で結局売れればいいじゃないかということで、作家の安心立命の場所が大部分の作家にないのじゃないかと思う」と言う。

あるいは、小田切秀雄が当時の大学生たちと文学について語り合った「読者からの注文」（「群像」一九五五年〔昭和三十年〕十二月、講談社）では、当時東京大学経済学部三年生だった大森健次郎が、テレビやラジオ、映画の発達による若者の文学離れと文学の大衆化を訴えている。実際、こう発言した大森は、東大卒業後に東映に入社し、映画制作に携わった。

昭和三十年代（一九五五―六四年）に続々と創刊された週刊誌には、芸術性を保ちながら娯楽性も意識した「中間小説」が掲載され、同時に一九五〇年代には、日本映画の制作本数や国内の映画館が飛躍的に増加していった[12]。中間小説と映画が大衆に消費される状況のなかで、「金色夜叉」的だと評され、その小説手法が映画的だと指摘されるような小説が文学賞を得たことは、この小説が世に広まることを約束したようなものである。

その意味で、この小説にボクシングやセックス、暴力、マリンスポーツなど、肉体の動きを伴った様々な事象が取り上げられていたことは、映画化に有効だったのではないだろうか。例えば、竜哉と英子が関係を結ぶ場面。


彼はそのまゝ障子を明けて中へ入つた。英子は坐つたまゝ片手をついて彼を見上げている。口元は笑つていたが、竜哉の行き当つた彼女の瞳は、嘗つて見たことのないキラキラした輝きを持つている。それは竜哉の内に何かを見極めようとするかのように、物問いたげで挑むような熱つぽい輝きであつた。彼はその眼差しに狼狽したがそれを美しいと思つた。彼が一歩近附いた時、英子は明るく笑つて言つた。

「ねえ、あのサンドバッグ叩いて見せて。今すぐよ、お願い。」

何故か抗らいもせず、言われるまゝ、彼は力一杯バッグを打つて見せた。めまぐるしく叩き込まれるワンツーでバッグは大きく窪んで行く。彼が手を下して振り向きざま、英子が彼を抱きしめていた。

抱き上げたまゝ、カーテンを跳ねのけて運んだベッドの上で英子は声を立てて笑つた。

図26　映画『太陽の季節』のシーン1

図27　映画『太陽の季節』のシーン2

「好きだ」と竜哉は始めて女に言ったのである。

性行為の前に一方的に叩かれるだけのサンドバッグとは、竜哉に抱かれようとする英子の身体を伝えようとするものだろう。だが、竜哉が部屋にやってくる前に英子が小さく笑いながら自らそれを叩いたり、竜哉がサンドバッグを叩き終えた後で英子が彼を抱き締めたりしたように、二人の関係はそう単純に整理されるものではない。「抵抗される人間の喜び」を味わうはずだった竜哉は、「英子に敗れ」「自らが彼女の網の内に俘虜となつて行つた」からである。「竜哉が強く英子に魅かれたのは、彼が拳闘に魅かれる気持と同じようなものがあつた」とは「太陽の季節」の冒頭表現だが、この小説での竜哉と英子の関係、セックスのありようは常にボクシングにたとえて表現されている。

この引用個所を再現したシーンで重要なのは、こうしたボクシングとセックスとの関係が、俳優たちの肉体をスクリーン上に強調することによって表現されていることだろう。発表当初から話題となった、竜哉が勃起した陰茎を障子に突き立てる記述は映像化されていないが、映画『太陽の季節』で竜哉を演じる長門裕之は、シャワーを浴びた後、下半身をタオルで覆い、その姿で汗を流しながらサンドバッグを叩き（図26）、背後から竜哉を抱き締めた英子（南田洋子）をベッドまで抱き上げていく。場面が切り替わった後に映し出されるのは、性行為の後でベッドに横たわる南田の肉体と、それとともにある長門の肉体であり（図27）、二人のキスと抱擁によってこのシークエンスは幕を閉じる。

カメラの接近と後退を交えながら二人の肉体が連続的に描出され、織り合わされていくこのシーンを見ると、小説『太陽の季節』は、肉体を視覚的に表現するのに適した映画という媒体と親和性をもつものだったことがよくわかる。芥川賞受賞以前からこの小説の映画化権を獲得しようとしていた日活には、そうした特性が読み取れていたのだろう。

5　肉体表現と海

こうした肉体表現は、暴力シーンや湘南でマリンスポーツに興じる場面でも前景化される。とりわけ、水着だけを身にまとった男優・女優たちが海辺で繰り広げるラブシーンや、ヨット、ボートなどのマリンスポーツに興じる場面では、その肉体の露出が否応なく青年男女の性のありようを明示、あるいは暗示していくことになる。

例えば、過去に愛した男性を亡くした経験から男性を愛することができなくなった英子が、竜哉を通じてやっと男性を愛することができるようになったと自覚するのは、海中でのキス（図28）とその後のヨットでのセックスからである。そして、この日の出来事は、小説の表現を借りれば「全く違った感動」を竜哉に与えたと語られている。二人にこのような〈愛〉を感じさせるのは、夜の海に二人が包み込まれていたからであり、海が二人の内面を動かしていったとも言えるのだ。このように、海で絡み合う二人の肉体は、性愛の充足を明示する表現としてこの作品で重要な位置を占めている。

しかし、この夜の愛を信じ続ける英子に対して竜哉は次第に冷淡になり、他の女性たちと関係をもったり、兄の道久に英子を五千円で売ろうとしたりする。あの夜の海の日以降、英子は竜哉にとって抵抗する存在ではなくなったからだ。第3章で述べた海辺のホモソーシャルな関係性は、この作品では兄弟関係のなかに現れていて、英子は竜哉と道久の間で交換され、竜哉の子を身ごもった末に死を迎える。

そうした兄弟のホモソーシャルな関係が物語の原動力となっているのが、その後に発表された「狂った果実」(「オール読物」一九五六年〔昭和三十一年〕七月、文藝春秋)である。自由奔放な兄の夏久とまだ純朴さが残る弟の春次が水上スキーに興じていた際に、春次が逗子駅で見初めた恵梨と海でたまたま再会し、二人はボートに恵梨を乗せる。小説で、「手をとつて引き上げた女をまぶしげに兄弟は眺めた。潮に濡れてことさらみずみずしい、すでに見事に整つた四肢である」と語られるこの場面を、映画(製作:日活、一九五六年〔昭和三十一年〕七月十二日公開)では石原裕次郎(夏久役)、津川雅彦(春次役)、北原三枝(恵梨役)の三人の肉体が表現する(図29)。このシーンは、これから繰り広げられる三人の性愛関係を暗示させるのに十分な表象だ。

図28　映画『太陽の季節』のシーン３

しばしばこの作品では、男女の語らいやラブシーンが浜辺や海に設定されているのだが、なかでも「一年通じて日焼けが肌に染まつて浅黒く、動かす度ぎりつと小さい筋肉が浮いて出る精悍な肉体だつた」と小説で語られている夏久の肉体と、「すでに見事に整つた四肢」と語られる恵梨の肉体は、恵梨の春次への思いとは裏腹にその場で結ばれ合っていく。純朴で女性経験がない春次に引かれる恵梨だったが、恵梨が外国人の妻であることが夏久に露見した結果、それを春次に黙っておく代償として恵梨は夏久と関係をもつに至るのである。

これは、兄弟のホモソーシャルな関係のなかで、恵梨に向けられた春次のロマンチックな愛という欲望が夏久に転移し、恵梨の肉体への欲望として表出したと言い換えることもできるだろう。そして、半ば脅迫にも近い形で夏久と性的関係を結んだにもかかわらず、「彼女はこの強靭な肉体に惹かれ、やがてその持ち主にも惹かれた」と語られるのである。映画では、その夏久の肉体が石原裕次郎のそれに体現化されるというわけだ。

図29 『狂った果実』のワンシーン

「狂った果実」は、夏久と恵梨の関係に気づいた春次がモーターボートで二人の乗るヨットを破壊し、二人を殺傷したところで結末に至る。「太陽の季節」同様、ここでも女性は兄弟に交換された末に死を迎えるのである。五千円で竜哉から兄の道久に売られながらも竜哉を愛し続ける英子や、夏久から脅迫に近い形で関係を迫られたにもかかわらずその肉体に魅了されていく恵梨の姿など、いずれの作品も女性の表象について問題が多いことは確かだ。そのような意味で、この二つは徹底的に男性原理に貫かれた物語であり、女性の肉体は男性同士の関係のなかで破壊されていくのである(13)。

6 キャスティング

湘南の海辺を舞台にした『太陽の季節』と『狂った果実』が、若者たちの肉体を特徴的に表現した映画であることは確かだが、これらは当時どう評価されていたのだろうか。例えば、北川冬彦「太陽の季節」(「キネマ旬報」一九五六年〔昭和三十一年〕六月十五日、キネマ旬報社)は、「シナリオ、演出、ともに、この小説のもっている観念性を見ずに、浅はかにも、この小説の上っ面だけに関心を集めた」「主演俳優南田洋子(英子)、長門裕之(竜哉)の二人の演技に精彩がなかった」と批判し、「「太陽の季節」は映画化して成功する性質の小説ではない」と断じている。

大畑専「「太陽族映画」を採点する――「太陽の季節」から「逆光線」まで」(「文化と教育」一九五六年〔昭和三十一年〕八月、凸版印刷)も、「原作には太陽族としての主張というような一本の線が通っていたのに対して、この映画はただ忠実に筋をなぞっているだけで、原作のもつ強烈な意欲に追いついてゆくものがない」と指摘する。また、多田道太郎「青春の戯画――太陽族映画の顚末」(「映画芸術」一九五六年〔昭和三十一年〕十一月、編集プロダクション映芸)は、「石原の一れんの小説は、戦後にはじめて芽ばえた近代的合理主義の(歪んでいて、微弱ではあるが)表現といえる」と小説の一側面を評価する一方で、「太陽族」という流行語に飛び付いた映画企業者を批判したうえで、「映画「太陽の季節」「狂つた果実」はともに、プロデューサー、シナリオ作家、監督の芸術的良心を疑うに足る駄作であり、愚作である」と全面否定している。

いずれも映画の評価であるにもかかわらず、その参照軸として持ち出されるのは原作の表現であり、その観点から映画を批判していく点に共通性があるが、注意すべきは、北川もふれていた長門裕之、南田洋子の演技やそのキャスティングへの批判だろう。映画公開直後に掲載された井沢淳「純情すぎた南田」(「朝日新聞」一九五六年〔昭和三十一年〕五月十八日付)は、やはり原作の世界がうまく描き出されていないと批判したうえで、長門、南田は「ミスキャスト」、「原作者の弟、石原裕次郎がちょっと出て来るが、これが原作にもっとも近い」としている。十返肇「石原文学と映画『日蝕の夏』」(「キネマ旬報」第百五十八号、キネマ旬報社、一九五六年〔昭和三十一年〕十月十五日)も、映画『太陽の季節』について「俳優も長門裕之の竜哉は全然ミス・キャストというほかはなく、スポーツ選手というのに健康そうな感じがいささかも見受けられなかった」と述べている。おそらくこの論点は、小説「太陽の季節」が備えていた、肉体表現に適した映画という媒体への親和性を、実体としての長門や南田の肉体が裏切っていたということなのだろう。

井沢淳が「原作者の弟、石原裕次郎」に感じ取った〈本物らしさ〉は、「原作者の弟」という事実や、裕次郎が原作に近いライフスタイルだったらしいという情報、あるいは「太陽の季節」の物語世界における兄弟の作中人物設定など様々な要素が交わって生まれたものかもしれないが、裕次郎がもっていた雰囲気がより有効に機能するとすれば、それは『太陽の季節』で長門が演じていたような役を裕次郎自身が演じることによって可能となるだろう。つまり、粗野で精悍な肉体の持ち主である夏久役を石原裕次郎が演じた映画『狂った果実』では、それが実現したのだ。

映画『狂った果実』については、「読売新聞」（一九五六年〔昭和三十一年〕七月十三日付）が「前作とちがい、この作品には太陽族といったものへの批判の目がよく利いている。話自体は、これまた一人の女を兄弟で奪い合うという不倫なものだし、彼等をかこむ連中また、働かず勉強せず不平ばかりいって遊びほうけるという困った若者たちだが、中平康監督は彼等のその行動を喜劇的に扱い、その浅薄さを大いに皮肉っている」と評価し、同様に、井沢淳「中平の演出が救う」（「朝日新聞」一九五六年〔昭和三十一年〕七月十一日付）、前掲の大畑専「「太陽族映画」を採点する」、十辺肇「石原文学と映画「日蝕の夏」」も、娯楽作品としてのこの映画に一定の評価を与えている。フランスの映画監督フランソワ・トリュフォーがこの作品を高く評価したこともよく知られている。

特に兄の夏久役を演じた石原裕次郎には、「兄になる石原裕次郎は、なかなかカメラ度胸がある。ちょっとした捨てゼリフなどもうまく、これは新しいスターになるかも知れない」（前掲「中平の演出が救う」）、「これに出演して兄の役に扮するのが慎太郎の弟の石原裕次郎、これがまさに役柄にぴったり。恐らく演技などというものでなく、生地そのままでいっているのだろうが、（略）そのカメラ度胸には、北原三枝などというベテラン女優もしばしば押され勝ち、全く大した迫真力である」（前掲「「太陽族映画」を採点する」）、「石原裕次郎の夏久は、柄もあり、伝法肌のエロキューションがうまくあっているのも第一にその人を得たという感じから来ている」（近田千造「狂った果実」「キネマ旬報」一九五六年〔昭和三十一年〕九月十五日、キネマ旬報社）と、賛辞を惜しまない。裕次郎に対するこの評価は、前述したような、その身体的な雰囲気と深く関連するものだろうし、それゆえにこそ、石原慎太郎の原作に特徴的な肉体の現前を、映画を見る者に感じさせたのだろう。

しかし、どれだけ裕次郎に賛辞が浴びせられ、原作にあるような雰囲気が裕次郎から感じ取れたとしても、先に述べたように、これらの物語における徹底的な男性原理に対する批判を免れることはできない。すでに同時代に水木洋子「人間性の解放——太陽族映画の母親たち」(「映画芸術」一九五六年〔昭和三十一年〕十二月、編集プロダクション映芸)が、映画『太陽の季節』の結末部分について、「「あんたたちには、わからないのだ!」と、画面の中からどなられても、「どっちが、わからないのよ!」と言いかえしたくなるような感じだつた」「この人は全く女の描けない、女をまだ摑んでいないことを感じた」と記した印象は、この物語に含まれている女性嫌悪を鋭く指摘するものでもあった。

その後、『太陽の季節』に端を発する「太陽族映画」と呼ばれた一連の映画は、その性と暴力をめぐる表現を世論が激しく非難したため、姿を消すことになる。(14)

7 流行語としての太陽族

右のような形で石原慎太郎の小説「太陽の季節」は文学界新人賞と芥川賞を受賞し、それが映画化され、「狂った果実」や「処刑の部屋」(「新潮」一九五六年〔昭和三十一年〕三月、新潮社)など他の小説も同様の経過によって、「太陽族映画」と呼ばれる一連の映画が世間をにぎわすようになった。さらには、「週刊東京」(一九五六年〔昭和三十一年〕五月五日、東京新聞社)誌上での大宅壮一

図30　「慎太郎刈り闊歩す」「アサヒグラフ」1956年（昭和31年）6月3日、朝日新聞社、「太陽族の制服拝見」「サンデー毎日」1956年（昭和31年）8月26日、毎日新聞社

の命名によって「太陽族」という語が生まれた[15]こともよく知られている。

戦後大衆社会の到来のなかで、大衆の心性を刺激するような要素が石原の小説に備わっていたとするならば、それは大衆に浸透しやすい映画という媒体を得た結果、流通の規模をさらに広げたことになっただろう。そして、湘南の海辺とも深い関係にある太陽族は、戦後の海辺の風景にある変化をもたらしていったのである。

前述したように、「太陽の季節」や「狂った果実」に描かれているのは、青年男女、特に男性の性行為や暴力、ヨットなどに代表される湘南海岸でのマリンスポーツであり、作中の男性は海辺でしばしばアロハシャツを身に着け、「狂った果実」の夏久・春次兄弟は髪を短く刈り上げている。石原兄弟のアドバイスをもとに、映画はこうした記述をスクリーン上に再現することによって、そのような青年層の行動やファッションを一つの類型として取り出してみせたのだ。だが小説が映画化され、それらが「太陽族映画」という語で認識され、太陽族が流行語となって（図30）その意味の幅を拡大するにつれ、それは事件を起こした若者たちをたとえる語となっていった。

例えば、「太陽族高校生が乱闘　逗子海岸舞台に女のとり合い」（「読売新聞」一九五六年〔昭和三十一年〕七月十二日付）という見出しの新聞記事では、逗子で乱闘事件を起こした高校生たちが、物語の枠組みを適用されて太陽族になぞらえられているし、「海水浴客を袋だたき　逗子で　暴力の太陽族二組」（「朝日新聞」一九五六年〔昭和三十一年〕八月五日付）、「葉山でも大暴れ　袋だたきにして強奪」（「朝日新聞」一九五六年〔昭和三十一年〕八月六日付）という見出しの記事でも、「アロハシャツ、慎太郎刈り」の少年たちが逗子や葉山で暴力沙汰を引き起こした事件が報じられている。これらの事件はその端的な例であり、その舞台が湘南であることや乱闘の原因、ファッションなどの点から太陽族という語が持ち出されたわけだ。なかには、映画『狂った果実』を観た帰りに、映画をまねて女性への暴行と強盗を図った少年の逮捕記事「映画をまね女を襲う」（「読売新聞」一九五六年〔昭和三十一年〕八月五日付）もある。

湘南という場、また小説や映画とは無関係に、単に無軌道な若者に対してこの語が用いられる場合も多かった。「新宿に多い太陽族」（「読売新聞」一九五六年〔昭和三十一年〕七月十五日付）では、新宿など盛り場の深夜喫茶にたむろしていた少年少女たちが「典型的な太陽族」と説明され、「山の太陽族補導」（「読売新聞」一九五六年〔昭和三十一年〕七月二十九日付）では、富士五湖のキャンプ場で羽目をはずして補導された若い男女に、やはり太陽族という語が用いられている。「強盗・傷害・盗み・ゆすり　〝太陽族〟八十一人を補導」（「朝日新聞」一九五六年〔昭和三十一年〕七月二十日付）という見出しの記事では、「男は慎太郎刈り、女は髪に黒リボンをつけ、マンボ・スタイルで関東姉ケ崎一家や池袋極東組の愚連隊をリーダーとする「伝言板グループ」八十一人が補導された。このグループは地下鉄池袋駅の伝言板で連絡をとり、深夜喫茶などをたまり場にして遊び回り金に困れば強盗、脅し、盗みを働くといった〝太陽族〟だった」とあり、当時社会問題になっていた反社会的集団である愚連隊とのつながりのなかで太陽族が捉えられている。

本章の冒頭で取り上げたように、すでに大正期の海水浴場は、不良たちがはびこる場としてのイメージをもっていた。都市部から海水浴場まで遠征し、女性を誘惑・脅迫したりするような大正期の不良たちの行動は、一見、昭和三十年代の海水浴場での太陽族や愚連隊の姿と違いはない。「読売新聞」（一九五六年〔昭和三十一年〕七月十七日付）の記事「太陽族とグレン隊」は、「イモを洗うような海水浴場、にぎわうキャンプ村が夏の犯罪の温床となりがちなのは例年のことだが、ことしはとくに当局のきびしい取締りにあっている街のグレン隊が〝都会の出店〟と化す海山の行楽地を絶好のかせぎ場として繰り出す傾向にあり、さらに〝太陽族〟小説、映画の影響から学生グレン隊の横行、青少年の不良化激増も心配されている」と伝えているが、愚連隊や太陽族という語が新しく生まれただけで、行動そのものは変化していないように見える。

8 湘南イメージの蔓延

前掲した吉見俊哉は、一九五〇年代後半の湘南海岸が「東洋のマイアミ」を目指して開発をおこなうことを報じた「生れる湘南海岸公園」（「朝日新聞」一九五七年〔昭和三十二年〕五月十一日付）の記事を取り上げ、湘南海岸が「アメリカン」なイメージを形成し、それが『太陽の季節』や『狂った果実』などの映画の影響もあって一気に大衆化し、やがて今日的な湘南イメージを支えていく」こと、「湘南海岸の風景は、沖縄からグアム、ハワイ、マイアミまでの、基地とリゾートが背中合わせになって観光客を集める諸々のアメリカン・ビーチに連続していた(16)」ことを指摘している。

確かに映画の『太陽の季節』や『狂った果実』に描かれる青年たちは、短髪にアロハシャツ、サングラスを身に着けて湘南を闊歩し、バヤリースを口にして、ハワイアンソングでダンスに興じているが、こうした風俗文化は占領軍の駐留をきっかけに日本に広まったものであり、湘南近隣のアメリカ軍基地に配属されていたアメリカ兵たちのそれと大きな関わりをもっていることは明らかだろう。吉見は、こうした太陽族をめぐる一連の表象に、敗戦後の日本が〈アメリカ〉を自然なものとして受け入れていく過程を見ようとする。

ただし、太陽族を支える表象のすべてを敗戦後のアメリカとの関係のなかで意味づけようとするのには無理があるだろう。例えば、「太陽の季節」や「狂った果実」で大きな役割を果たすヨットはアメリカ兵のそれというより、戦前からこの地に根づいていたスポーツ[17]だし、前述したように、当時の新聞記事が描いた太陽族は、愚連隊に接続されるような犯罪予備軍でもあった。「太陽族」の表象を支えているのは、敗戦後にアメリカ兵たちがもたらした風俗文化だけではないのだ。

吉見の指摘は、太陽族を近隣のアメリカ軍基地との関係のなかで捉えようとするあまり、その文化的特徴を〈アメリカ〉との関係に引き付けすぎるきらいがあるが、やはり「アメリカン」な湘南のイメージが太陽族映画によって一気に大衆化したというその指摘は重要だ。なぜなら、「太陽の季節」を端緒とする物語が映画などによって大衆化した結果、すでに大正期の湘南に表象されていた不良少年たちは、アメリカンなイメージを潜在化した太陽族として捉え直され[18]、それがたむろする湘南海岸も同様のイメージを備えることになったからである。

その意味で、当時「読売新聞」の副主幹だった松尾邦之助の「アメリカニズムと太陽族」（「政治経済」一九五六年〔昭和三十一年〕八月、政治経済研究会）が、太陽族を「スポーツ型で、ローマンチシズムも、感傷も、何もなく、恋愛をスポーツのように心得、女性をセックスのオブジエとしか思わないアメリカ風の青年」と捉えたことは正しい。「湘南逗子の海岸は、昔は小説「不如帰」の武男と浪子の舞台として知られていたが約半世紀後のこんにちになると、いまや芥川賞の慎太郎刈りのアロハの青年たちが乱恋乱闘の名所と相成った」（「編集手帳」「読売新聞」一九五六年〔昭和三十一年〕七月十六日付）のである。

前章では、大正から昭和初期に上演されていたアメリカのスラップスティック映画やその模倣について論じたが、戦前からすでにうごめいていた海辺の〈アメリカ化〉は、こうして敗戦後にその速度を上げた。難波功士が「太陽族のスタイルはビーチ・ファッションとして定着し、その行動様式も若者全般へと拡散していった[19]」と指摘するように、この湘南イメージは、太陽族などという存在が見失われ、その語が死語と化した後も、海辺に集うひとびとの身ぶりや振る舞いを作り上げていく力を確かに残したのである。その力こそが、小説や映画の表象だったのだ。

一九五九年(昭和三十四年)、「チガサキ・ビーチ」は日本に返還されることになったが、その場やそこに集う身体性がアメリカンなものであるかどうかなど、もはや何の問題でもないだろうし、そのようなことは問われる必要などないまま、ひとびとの無意識へと追いやられ、そのイメージだけが蔓延し、消費されていくことになった。太陽族という語が死語となった六〇年代以降、それを支えたのは、加山雄三の主演映画『若大将』シリーズや、スポーツとしてのサーフィンの定着、サザンオールスターズに代表される湘南サウンドなどだった。その結果、〈湘南〉の蔓延はもはや日常として現在のわれわれのなかにある[20]。

注

(1) 鎌倉市市史編さん委員会編さん『鎌倉市史 近代通史編』吉川弘文館、一九九四年、参照

(2) 『茅ヶ崎市史 四 通史編』(茅ヶ崎市、一九八一年)、栗田尚弥「茅ヶ崎とアメリカ軍 三――演習場チガサキ・ビーチ」(茅ヶ崎市史編集委員会編「茅ヶ崎史研究」二〇〇〇年三月、茅ヶ崎市)など参照。

(3) 日本語訳は「米軍横浜通信――スターズ・アンド・ストライプス(抄)」(横浜市/横浜の空襲を記

録する会編『横浜の空襲と戦災 五（接収・復興編）』所収、横浜市、一九七七年）を参照した。
（4）吉見俊哉『親米と反米――戦後日本の政治的無意識』（岩波新書）、岩波書店、二〇〇七年、参照
（5）柴田哲孝『サーフィングラフィティー』（角川学芸出版、二〇〇七年）は、初めて国産のサーフボードを作ってサーフィンを日本に広めた高橋太郎の半生を小説化している。
（6）「芥川賞選評」「文藝春秋」一九五六年三月、文藝春秋新社、参照
（7）臼井吉見監修『戦後文学論争』下、番町書房、一九七二年、参照
（8）佐藤春夫「良風美俗と芸術家 不良少年的文学を排す」「読売新聞」一九五六年二月八日付、「求道のすすめ 一享楽論者へ」「読売新聞」一九五六年二月二十七日付、参照
（9）亀井勝一郎「賭博的作品の一典型「太陽の季節」をめぐって」「読売新聞」一九五六年二月九日付、「論争の発展のために」「東京新聞」一九五六年三月二十三―二十四日付、参照
（10）なかのしげはる（中野重治）「異議あり」「アカハタ」一九五六年四月十六―十七日付、参照。この文章は、小田切秀雄への反論として発表された。なお、本文中に引用した中野の指摘は、臼井吉見／河上徹太郎／中村光夫「合評会・現代文学の諸表情 四 批評家有用」（「新潮」一九五六年五月、新潮社）で河上が石原について述べた発言を受けている。
（11）この読者投票は、「終戦以来現在までの日本文学に於て、最もすぐれていると思われる小説または戯曲十篇以内（一篇のみでも可）最もすぐれていると思われる評論五篇以内（一篇のみでも可）」を読者から募るというものである。臼井が述べているように、その結果は「圧倒的に戦後派以後のもの」が大部を占めた。ただしこの投票は戦後十年という節目のなかでおこなわれたものであり、その対象が戦後作品に限られていたこと、投票した読者の八割以上が十代・二十代だったことなどを考慮しなくてはならないだろう。

(12) 吉見俊哉「映画館という戦後」、黒沢清／四方田犬彦／吉見俊哉／李鳳宇『観る人、作る人、掛ける人』(「日本映画は生きている」第三巻)所収、岩波書店、二〇一〇年、参照

(13) 斉藤綾子「五〇年代映画と石原慎太郎」(岩波書店編「文学」二〇〇四年十一月・十二月、岩波書店)、前掲『親米と反米』は、いずれも敗北を抱き締めた敗戦後の日本が「太陽の季節」と「狂った果実」の女性に表象されていることを指摘している。なお、斉藤は「カルメンはどこに行く――戦後日本映画における〈肉体〉の言説と表象」(中山昭彦編『ヴィジュアル・クリティシズム――表象と映画＝機械の臨界点』所収、玉川大学出版部、二〇〇八年)のなかで、「戦後日本の復興期において、「プリミティヴなものへの情熱」は暴力的なまでの女性の身体に対する攻撃となって現れる。それは、「太陽族」の出現に象徴されるように、敗戦トラウマの否認、「肉体嫌悪」＝「女性嫌悪」へと変容し、太陽族映画では「アメリカに寝返った女」という「娼婦」のイメージに重ねられ、嫌悪と暴力の対象になっていく」と述べている。

(14) 前掲「五〇年代映画と石原慎太郎」参照

(15) 難波功士『族の系譜学――ユース・サブカルチャーズの戦後史』青弓社、二〇〇七年、参照

(16) 前掲『親米と反米』参照

(17) 高木規矩郎著、読売新聞社横浜支局編『湘南二十世紀物語』有隣堂、二〇〇三年、参照

(18) 前掲『族の系譜学』も、「夏の夜、若い男性たちが異性の物色のためにたむろし、ときに同性とのけんかに至ること自体は、なにも太陽族に始まったことではない。だが、そのスタイルがメディアによって喧伝され、固有の名称を広く世に定着させた点では画期的であった」と、太陽族の出現の特異性を指摘している。

(19) 同書

(20) 加藤厚子「映像が創る「湘南」」(前掲『湘南の誕生』所収)は、「「海の若大将」以降、「若大将シリーズ＝海＝湘南」というイメージが定着していくが、(略)「海の若大将」の場合、撮影の多くは関西で行われている」と、湘南イメージが構築されていく裏面にふれている。また、「太陽族映画が湘南地域イメージを全国規模で若者層に拡大する役割を果たしたとするならば、若大将シリーズはそれを健全化し、普遍化する役割を果たした」とその差異を指摘し、さらに桑田佳祐の湘南に対する認識はそれらとも異なることを、桑田監督の映画『稲村ジェーン』(一九九〇年九月八日公開)から抽出している。同書に所収された加藤の「出版文化と若者」という論考では、一九七〇年代から八〇年代の湘南におけるサーフィン文化の定着も整理しており、厳密に言えば、本章で述べている「日常」の構成要素には多くの差異がある。

第6章　カリフォルニアと南の島——イメージとしての一九八〇年代

1　「POPEYE」の創刊

前章では、「太陽の季節」という物語の流通を通じて、戦後日本の海辺がアメリカンなイメージを強めていくプロセスについて述べたが、このようなイメージはその後、どのように展開し、消費されていったのだろうか。その変化を作り出すのに大きな役割を果たした、ある青年男性向け雑誌の話から始めたい。その雑誌とは、一九七六年（昭和五十一年）に創刊された「POPEYE」（マガジンハウス）である。(1)

「POPEYE」創刊の中心人物は、青年男性向け週刊誌「平凡パンチ」（一九六四年〔昭和三十九年〕創刊）や、若い女性向けの情報誌「an・an」（一九七〇年〔昭和四十五年〕創刊）の編集長などを経験してきた平凡出版（現・マガジンハウス）の木滑良久だ。「平凡パンチ」は一九六〇年代に発行部数百万部を超えていた当時の人気雑誌であり、「an・an」も女性のライフ・スタイルの変化に影響

を及ぼした雑誌としてよく知られている。(2)

木滑は、戦後の大衆文化をリードするこうした雑誌の編集に次々と携わり、一九七六年（昭和五十一年）に「POPEYE」創刊を実現することになる。そのアイディアについて、三〇年（昭和五年）生まれの木滑は、自身の少年期の体験を交えながら、後年、次のように語っている。

僕は十五歳で終戦を迎えました。あれほど軍国主義を刷り込まれた少年が、なぜアメリカに傾倒したかというと、圧倒的にカッコいい米軍を見たからです。

新宿から立川駐屯地に向かって、ウエポンキャリアっていう兵器輸送車と大型のジープがザーッて並んで行進するんです。米軍兵たちが乗っているクルマも、履いている靴も、かぶっているヘルメットも、全部ピッカピカなんですよ。（略）

大学は立教大学で、大学にもしばしば自転車で通っていました。それも、知り合いの弁護士に自転車好きの人がいて、いろいろ改造してくれて、けっこういい自転車を組み立ててもらって乗っていた。そういった子供のときからの体験っていうのが、僕の雑誌づくりの基礎にもなっているんです。そういうものが僕の中に鬱積してて、それがどんどん芽を出してきて、『ポパイ』になるわけです。本当にアメリカって、僕の好きなものだらけなんですよ。(3)

「POPEYE」創刊の前年、木滑たちは読売新聞社からの依頼で、アメリカ製の様々なグッズを紹介した「Made in U.S.A catalog」を「週刊読売」（読売新聞社）の別冊として刊行していて、こうした発想が「POPEYE」創刊へとつながっていったようだ。「Made in U.S.A catalog」は好評で、翌年二点目が刊行されることになったが、椎根和は、読売新聞社社主・正力松太郎が無自覚にCIA(アメリカ中央情報局)のエージェントの役割を果たしていたという調査結果を参照しながら、ベトナム戦争がもたらした反米感情に対する心理戦略をこのカタログの刊行に見ている。(4)

その真偽はともかく、少年時代からアメリカを意識していたという木滑は、「Made in U.S.A catalog」を刊行した頃から「私自身アメリカというのは、もう日常的にというか、終戦直後からずうっと気になっていたんです。それにしても、いましきりに新しい動きというものを確かに感じるんですよ」(5)と発言していて、その「新しい動き」を「POPEYE」誌上で青年男性たちに紹介していくことになった。

「POPEYE」創刊号(一九七六年〔昭和五十一年〕六月二十五日)の表紙には「Magazine for City Boys」と銘打たれ、巻頭言には以下のような文言が掲載された。

都会に住んでいる人なら、一週間も街を離れるともう、あの空気が恋しくなってしまうでしょう。街がいつの間にか、精神的な故郷になっていることに気がつくのです。自然へのあこがれも、青い空への旅も、それは街へ帰るという前提があって成立するものです。

〈ポパイ〉は私たちのフランチャイズ、都会に焦点を合わせました。都会での生活がどうしたら、もっとハッピーなものになるか。生きていることが楽しくなるか。〈ポパイ〉はその提案であり、サンプルであり、記録であり、そしてイマジネーションなのです。

「POPEYE」は、都市に住む若い男性を読者層として想定した雑誌であり、〈自然〉も彼らの消費の対象であると断言してはばからない。そうした視点から〈カリフォルニア〉が「明るく健康的な人間生活のサンプルを採集するための最適地」として捉えられ、創刊号の特集テーマとして選ばれたのだった。

創刊号のカリフォルニア特集では、当地の若者たちに人気のハング・グライディング、スケート・ボード、ジョギングなどのスポーツやファッション、ライフ・スタイルなどが紹介され、「カリフォルニア　ガールズ」というページでは、当地の若い女性たちの写真が掲載されている。巻末特集では、ビーチ・シティとしてのカリフォルニアが取り上げられ、ビーチ・ボールやサーフィンに興じる若者たちの姿が紹介されている。

2　夏のレジャー

創刊号で取り上げられたカリフォルニアの若者たちに人気のスポーツやファッション、そのライフ・スタイルなどは、以後の「POPEYE」誌上で何度も特集の対象になった。他にも、「POPEYE」が取り上げる材料は、音楽や映画、車、オートバイなど、青年男子が興味をもちそうなもの全般にわたっている。

なかでもサーフィンは、毎年夏になると取り上げられる話題であり、一九七〇年代後半の「POPEYE」では大きな位置を占めていた材料だった。例えば、第六号（一九七七年〔昭和五十二年〕五月十日）では湘南のサーファーたちのファッションが紹介され、第七号（一九七七年〔昭和五十二年〕五月二十五日）でも四国の生見に集まるサーファーたちの記事、湘南を「カウンティー」、つまり一つのまとまった地域として捉えてその地のサーフ・ショップを紹介する記事、「サーフィン・テクニック講座」などの記事が集められている。これらの号では、湘南や生見の海がカリフォルニアやハワイの海とつながっていると記され、日本国内の海とカリフォルニア、ハワイの海を重ね合わせるような認識がうかがえる。[6] 翌年も「POPEYE」は積極的にサーフィンを取り上げ、増刊第一集（一九七八年〔昭和五十三年〕六月二十日）として「the Surf Boy」を、翌々年にも同様の増刊第四集（一九七九年〔昭和五十四年〕六月二十日）を刊行した。

同時に、「グアムがつまらない島だなんていったのは誰だ！」（第九号、一九七七年〔昭和五十二年〕六月二十五日）、「ぼくたちはハワイについて知らなすぎた」（第二十三号、一九七八年〔昭和五十三年〕一月二十五日）、「南の島は冒険少年のパラダイスだ」（第三十一号、一九七八年〔昭和五十三年〕五月二十五日）、「南洋の「ユカイ」時間が、たまらない！」（第五十四号、一九七九年〔昭和五十四年〕五月十日）など、グアムやハワイ、奄美群島、ニューカレドニアといった〈南の島〉を特集に取り上げ、サーフィン、スキューバダイビングなど現地で楽しむレジャーも紹介している。第九号のグアム特集では、「世界で第二番目に美しいと評価された娘がグアムにいた」と、ミス・ワールド第二位を獲得した少女の水着姿を紹介し、「グアムの女の子たちは潮風の匂いがする」と、カリフォルニア特集同様、当地の若い女性の写真を列挙する。

「POPEYE」に関わった多くの人物にインタビューし、『証言構成『ポパイ』の時代――ある雑誌の奇妙な航海』（太田出版、二〇〇二年）を刊行した赤田祐一がまとめているように、「POPEYE」誌上で紹介したスポーツやレジャーを国内で実践している若者たちがほとんどいなかったような状況のなかで、「元はいなかった人格を、『ポパイ』の編集者が、こんなやつがいてほしいという妄想をメッセージとして発信し、煽動し、押し切ることで、現実化した」のが「POPEYE」だった。例えば、一九七〇年代末にサーファーファッションが流行したことはよく知られているが、「POPEYE」が創刊された七六年の時点でそれほど多くはなかったと考えられるサーファーが、数年後にはファッションとして流行していくプロセスの一端を、七八年のサーファー専門誌「Fine」（日之出出版）の創刊(7)や、サーフィン映画『ビッグ・ウェンズデー』（監督：ジョン・ミリアス）、『カリフォルニア・ドリーミング』（監督：ジョン・ハンコック）の日本公開(8)などとともに、「POPEYE」誌上でのサーフィンの紹介が担っていたことは否定できないだろう。また、サーフィンだけでなく、「POPEYE」誌上での表象は、確かに七〇年代後半からの若者たちの感性に一定の影響力をもっていたと思えるし、この雑誌で取り上げられる湘南やカリフォルニア、南の島の海辺に若い男性たちを引き付けていくような力をもっていたことも確かだろう。

一九八〇年代に入ると、「POPEYE」は徐々に女性との関係やデート・マニュアルといった特集記事を組むようになる。前述した、カリフォルニアやグアムの若い女性の写真を紹介する記事も、そうした女性や女性との出会いに対する欲望をあおる力を含んでいると言えるだろう。その意味では、明治期に江見水蔭がおこなっていた文学表現と「POPEYE」のような男性誌の力学は通底している。

ただし「POPEYE」では、そうした避暑地や海辺での女性との出会いがマニュアル的に語られている点に特徴がある。例えば、第百三十二号（一九八二年〔昭和五十七年〕八月十日）の記事「ボクらは伊豆でも夢を！」では、伊豆の海辺で女性との出会いを予感させるようなファッションやグッズ類が紹介され、第百八十号（一九八四年〔昭和五十九年〕八月十日）では「夏休み男前講座 目立ちたいならゼッタイ三枚目です」といった特集で、女性の水着のタイプに応じた海辺のナンパ術が、その成功をもたらすためのファッションやグッズの紹介とともに伝授されている。

3 片岡義男のノスタルジー

「POPEYE」誌上にはアメリカの若者文化に詳しい書き手が集合しているが、創刊直後から記事を連載していた人物に片岡義男がいる。サーフィンが特集された第七号（一九七七年〔昭和五十二年〕五月二十五日）では、その連載記事「片岡義男のアメリカノロジー」で「地球の美しさを知るひとつの方法　それがサーフィンだ」を寄せ、単なるスポーツとしてではなく、ライフ・スタイルとしてのサーフィンを称揚する。

片岡のアメリカ文化に対する関心は、彼の出生に起因しているようだ。片岡は一九四〇年（昭和十五年）に東京で生まれているが、(9)片岡が様々なところで自ら語っているように、片岡の祖父は移民として周防大島からハワイに渡り、父親は日系二世だったため、片岡は日本語と英語という複数の言語、日本とアメリカという複数の文化を生きることになった。片岡の父親は、戦後ＧＨＱ（連合国軍総司令部）の職員として勤務していて、アメリカへのアイデンティティーを幼い片岡にも求めていたという。(10)そのような環境から英語に堪能だった片岡は、六〇年代から海外ミステリー小説の翻訳や娯楽本の出版を手がけ、七〇年代から雑誌「宝島」（宝島社）や「POPEYE」に記事を寄せると同時に、本格的に小説というジャンルに手を染めていくことになった。

その初期の小説で取り扱われていたモチーフがサーフィンだった。小説家・片岡義男の活動の一端を支えたのは角川書店で、一九七四年（昭和四十九年）五月に角川から創刊された文芸誌「野性時代」は、新しい材料を扱い、新しい感覚をもった小説家として片岡を積極的に紹介していく。「野性時代」創刊号には、「ぼく自身のための広告　シティ・ボーイと記念写真」として十ページにわたる片岡の写真とそれに添えられた自身のキャプションが掲載され、編集後記でも、「サーフィンやモーターサイクル、あるいは強熱のサウンド」を通じて得られる「《官能的体験》」から「宇宙感覚」を自分のものにしていった作家として片岡が三島由紀夫になぞらえられている。

同誌に「日本の新しい感性が放つ爽快なサーフィン小説」として掲載された片岡の「白い波の荒野へ」は、第一回野性時代新人文学賞の佳作を受賞し、引き続き「スローなブギにしてくれ」（「野性時代」一九七五年〔昭和五十年〕八月）で第二回新人文学賞を受賞する。この作品は初期の片岡の

「日本の会社は、やめるのね」

「そうだね」

「ひとりでいくの？」

「離婚したうえで、美枝子さんがいっしょに来てくれる。面白いだろう」

そう言って、北原弘太郎は、あはは、と笑った。

「変なの」

追加の硬貨を、仁美は一定の間隔を置いてスロットに落としていった。

「はじめのうちはなにかと大変なので、美枝子さんがいっしょに来て、手伝ってくれるんだ」

「変なの」

「かつては夫婦で、いまは仲の良い友だちとして、しばらくいっしょに住むんだ。四〇歳を過ぎて、アメリカで同棲だよ」

彼は、再び笑った。

「ふたりとも、本気なの？」

「本気だよ。美枝子さんは、張り切ってる。来週、ふたりで離婚届けを出しにいくんだ」

仁美は、賛成してくれてたじゃないか」

図31　片岡義男『幸せは白いTシャツ──オートバイの詩・夏』（〔角川文庫〕、角川書店、1983年〔昭和58年〕）では、女性がしばしばオートバイで海を訪れる（写真：大谷勲）。

代表作になり、直木賞候補作にもなった。

片岡の小説では、サーファーはもちろん、オートバイや車に乗った若者が目指し、立ち寄る場として海辺が頻繁に登場する（図31）。初期の小説では、しばしばハワイのサーファーや、アメリカをオートバイや車で旅する人物が描かれたが、なかでも「パッシング・スルー」（「宝島」一九七四年〔昭和四十九年〕十二月）での海岸の描写は特徴的だ。

ハイウェイから離れたわき道をとおってこの町の裏まできた。そこから直角に曲がって海へむかう。緑に輝く森や林のなかに、白やピンクに塗ったコテージが、ときたま見える。コテージの前庭には、椰子の樹が立っていたりする。（略）

海岸の砂は、真っ白だ。陸のほうには遊園地や店が長く列をつくってならび、海のほうは、海岸にむかってせり出した板張りのボードウォークだ。手すりがついているのだが、ところどころ朽ち果ててなくなっていたり、ボードウォークに穴があいていたりする。「危険」と立て札がしてあり、ボードウォークのうえを歩いてはいけないらしい。ボードウォークから木の階段で下の海岸へ降りていくことができる。

海岸を歩いていくと、青いビーチ・パラソルがひとつ立っていた。その日影からはずれたところにビーチ・タオルを敷き、ビキニの女性がひとり、うつぶせに寝ていた。白い肌が鮮やかなピンク色になっている。ハワイアン・プリントのビキニは、まだそれほど肉がついたとは言えない彼女の体に、よく似合っていた。

右手をのばせばすぐ届くところに分厚いペーパーバックが一冊、開いたまま砂のうえに伏せてあった。タオルのうえには、小さなトランジスタ・ラジオと陽焼けオイル、それにバスケットが置いてあった。

「パッシング・スルー」で描かれるのは、車でアメリカをドライブしている人物の目に映る、ややさびれたノスタルジックな風景であり、都市の喧騒では決してない。壊れたボードウォークはそれを象徴していると言えるだろう。忘れられたアメリカの風景がドライバーの視点から捉えられるだけで、プロットらしいものはないこの小説は、同時代のイラストレーターたちが描いた風景の表象と呼応しているのだが、それについては後で述べよう。片岡の出自に深く関わっている〈アメリカ〉が、このような形で露呈していることをここでは確認しておけばいい。

小説家・片岡義男の代表作の一つである「彼のオートバイ、彼女の島」（「野性時代」一九七七年

（昭和五十二年）一月）は、信州にツーリングに行った若い男性が一人の女性に出会うところから物語が始まり、西宮在住のその女性が夏休みに瀬戸内海のとある島に帰省するのに合わせ、男性がオートバイを飛ばしてその女性に会いに行くというプロットを描く。次の引用はその男性の目に映った島の港の風景だ。

港の奥にも、山のつらなりが見える。港のまわりを、古風な民家が、まばらにとりまいている。人の姿がすくない。あらゆるものが陽を受け、じっとしているのだ。暑さにすこしぼうっとなりはじめていたぼくの目に、港のたたずまいは、すっかり忘れていた古く遠い夢の中の光景がよみがえったようだった。こんな景色をどこかで確実に一度、見たことがある。ほんとうは一度もないのだけれど、ぼくはそう信じた。

この辺鄙な島で若い男女はひと夏を過ごし、愛を深め合うが、「ぼく」のこの島に対するデジャ・ビュ感覚は、自らが経験していない事物であるにもかかわらず、それにノスタルジーを感じているという意味で、商品としてのノスタルジーを消費しているような感覚に近い。引用の後に続く記述では、女性の実家を見た「ぼく」の口から「ディスカバー・ジャパン」という語が漏れる。国鉄（日本国有鉄道）のキャンペーン「ディスカバー・ジャパン」がスタートしたのが一九七〇年（昭和四十五年）、それに続く企画として山口百恵の「いい日旅立ち」がキャンペーンソングに用いられたのが一九七八年（昭和五十三年）のことだった。

「野性時代」もそのような関心を共有していて、誌上では、古代にさかのぼって〈日本〉を再発見していくような特集や、それとの関係で農村や海という場を論じるような特集が頻繁に組まれている。片岡も、様々な書き手による連載記事「日本人の風景」の第六回に「ぼくのなかに農村はありうるか」(一九七四年〔昭和四十九年〕十月)というエッセーを寄せている。一連のそうした傾向は、「POPEYE」創刊号の巻頭言にあるような「自然へのあこがれも、青い空への旅も、それは街へ帰るという前提があって成立する」という都市の成熟の裏面でもあるだろう。瀬戸内の島の風景に「ぼく」が感じるノスタルジックなデジャ・ビュ感覚が、アメリカのそれに映し出されたとき、「パッシング・スルー」のような表現へと転化していくのである。

4 「メイン・テーマ」

同じく片岡の代表作の一つである「メイン・テーマ」(『メイン・テーマ』〔カドカワノベルズ〕、角川書店、一九八三年〔昭和五十八年〕)では、オートバイや車などで当てのない旅を続ける若い男女や放浪の旅を続けるサーファーたちが登場し、それぞれが旅の途上で出会い、ときに恋に落ちていく。この作品は、多くの登場人物が登場し、それぞれの物語が展開する一方で、登場人物同士が偶然の出会いを遂げていく構成となっている。角川文庫版(角川書店、一九八五年〔昭和六十年〕)の「あとがき」によれば、当初は全十二点に及ぶストーリーが構想されていたようだが、結局三点しか刊行されていない。ここには、片岡義男の小説で頻繁に取り上げられるモチーフが集積していて、当然のことながら、この小説でも海が登場人物を取り囲んでいる。

例えば、ピックアップ・トラックに乗って旅を続ける二十歳の青年・平野健二は、ヒッチハイクする車を求めていた西田章彦と清水光治という二人のサーファーを乗せることになり、二人のサーフィンの場面では、事細かに海や波の動きと二人の肉体が描かれている。二人がサーフボードを持って放浪の旅に出たきっかけは、肉体によってその男同士の関係を切り裂こうとする早川美由紀の誘惑から逃れるためであり、いわば、サーフィンによって培われた〈男同士の絆〉を守り、その絆を維持するかのように、適当な波を見つけては二人でサーフィンに興じているのである。

そして、例によって、海辺での男女の出会いの物語はこの小説でも顔をのぞかせている。

エンジンを停止させた平野は、グラヴ・コンパートメントから双眼鏡を出し、運転席のドアを開いた。双眼鏡を持ち、車から降りた。（略）砂のなかに立ちどまって海をながめ渡した。潮風を顔に受けつつ胸いっぱいに吸いこむと、海の広さや空の青さが自分の体の内部に入りこんでくるような爽快さがあった。こうして海を見るのが今日はこれで何度目になるか平野は数えていないが、何度くりかえしても飽きない。

双眼鏡を目に当てた平野は、砂丘と海岸とを、北にむけてながめていった。長くつづいている海岸に、人の姿はなかった。（略）人がひとり、海に向かって腰を降ろしているのを、平野の双眼鏡がとらえた。

若い女性だった。（略）自分が双眼鏡で見られていることに、彼女は気づいていない。体ぜんたいを、彼女は北に向けた。健康そうな丸い両ひざと、そのうえに置いた両手とが、はっきり見えた。彼女の視線は、遠くへのびていた。平野をこえてさらに遠くを、彼女の目は見ていた。気持を集中させ、遠くのなにかを見ている。表情はやや沈み気味で、つまらなそうだった。

平野は、双眼鏡で見た女性のもとまでピックアップ・トラックを走らせ、二人の微笑をきっかけに会話が交わされることになる。海辺を訪れ、その風景に癒やされる男性・平野と、「やや沈み気味で、つまらなそう」な表情をして腰を降ろしている女性。二人が海辺で会話を交わすようになった後、女性は「ふたりとも裸足になってブルージーンズの裾をまくったりして波打ち際を走ったら、馬鹿みたいな青春映画のワン・シーンのようになるわね」「男のほうが、なぜだかしらないけど海に向かって、馬鹿やろう！　と叫んだりするの」と、ステレオタイプな海辺の青春物語に自己言及するが、海辺での二人のありかたやその出会いがすでにステレオタイプな表象であり物語であることは、これまでにも述べてきたとおりだ。

ちなみに、一九七〇年代後半から八〇年代は、角川書店が文庫販売戦略として原作の映画化を推進した時期(11)だったため、片岡の「スローなブギにしてくれ」や「彼のオートバイ、彼女の島」「メイン・テーマ」もその対象となり、これらの小説の知名度と売り上げを高めることになった。映画の主題歌となった南佳孝の「スローなブギにしてくれ（I want you）」（作詞：松本隆、作曲：南佳孝）や薬師丸ひろ子の「メイン・テーマ」（作詞：松本隆、作曲：南佳孝）がヒットしたことはよく知られているが、松本隆や南佳孝らが手がけた八〇年代のポップソングは、後述するように、片岡の小説と様々なレベルの表象を共有している。

片岡の小説には、海外ミステリーの翻訳やアメリカのハードボイルドなどの現代小説を吸収した結果が反映されているが、当初、サーフィンやオートバイ、車を頻繁に取り上げていた片岡の小説は、一九八〇年代の後半から、都会的でスマートな恋愛の一コマをクールに描き出すようになってくる。サーフィンやオートバイ、車に加え、その小説のディティールは、恋愛の場としてのシティホテルや酒、ファッションといった恋愛の小道具などにも向けられていく。ここに当時のバブル経済の影響を読み取ることは容易だが、それらの要素を取り込みながらも、やはり海辺はロマンチック、ドラマチックな出会い、恋愛の場として、あるいは孤独を甘受し癒やす場として、その小説のなかで生き続けている。

5 鈴木英人の〈アメリカ〉

一九八〇年代、その片岡とイラストレーター鈴木英人のコラボレーションによって、『On the sunny street』(CBS・ソニー出版、一九八二年〔昭和五十七年〕)と『南カリフォルニア物語』(CBS・ソニー出版、一九八三年〔昭和五十八年〕)が刊行されている。雑誌「野性時代」に掲載された片岡の小説にも鈴木のイラストが添えられることが多かったが、片岡の小説と鈴木のイラストが交差する場に成立しているこの二点の書物は、小説の内容とイラストの図像が厳密に対応しているというよりも、むしろそれぞれが有機的に結合しないことで、逆説的にイメージとしてのアメリカの風景を作り上げている。

もともと片岡の小説は、多くの出来事が凝縮してプロットのダイナミズムを生み出すような性質のものではないが、この二点の書物でも、語り手によって切り取られた風景や人間たちの様相が断片的に並んだような体裁を取っている。鈴木のイラストも、無人の風景を切り取ったような構図が多く、こうした片岡の断片的な記述とある種の調和を生み出していると言えなくもない。その鈴木のイラストもまた、モチーフとして海辺を頻繁に取り上げている。

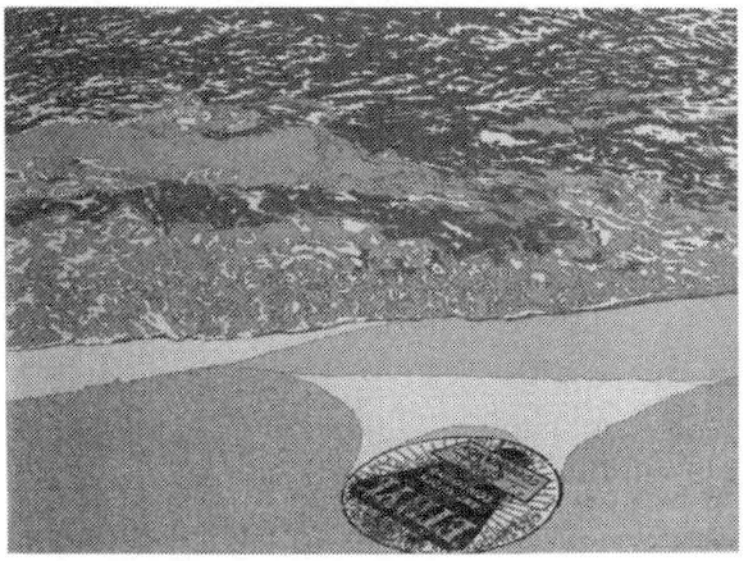

図32 「ETHYL GAS」
（出典：『AVENUE』六曜社、1988年）

鈴木英人は、一九四八年（昭和二十三年）に福岡県の博多で生まれ、各地を転々としたあげく、小学生のとき神奈川県の横須賀で生活することになった。鈴木自身が語るところによれば、イラストレーターの仕事として「十年ぐらいをスパンとした日本人の若者のトレンドに合った世界を描く[12]」ためにアメリカを題材として選んだという。その結果、八〇年（昭和五十五年）からイラストレーターとして仕事を始めた鈴木は、その特徴的な技法で八〇年代を代表する存在になった。しばしば指摘されるように、そこには、アメリカ軍基地の町横須賀で少年時代を過ごした鈴木の、アメリカに対するイメージが投影されている[13]が、そのアメリカに

図33 「COORS COLOR」
（出典：『鈴木英人全版画作品集――風と光のデイ・トリッパー カタログ・レゾネ 1993―1984』ファイア・エンジン・ファクトリー、1993年）

対するノスタルジーにはいくつかのレベルが見られる。

作品集『AVENUE』（六曜社、一九八八年〔昭和六十三年〕）に所収されているイラストは、概して、かつてのアメリカの残像を写し取るようなモチーフに満ちている。「ETHYL GAS」（図32）と題された作品もその一つだ。浜辺に打ち捨てられているのは、アメリカのガソリン会社エチルコーポレーションの看板だろうか。波と風にさらされて朽ち果てていく看板が、かつてのアメリカを表していることは言うまでもないが、ここには、すでに失われてしまったアメリカに対する哀愁が漂っている。『AVENUE』には古ぼけたアメリカ企業の看板や人工物が描かれている作品が多いが、浜辺に放置されて朽ち果てたエチルコーポレーションの看板に対する視線は、片岡義男「パッシング・スルー」で描かれた、朽ち果てたボードウォークの海岸に対する視線と同じものだ。

オールド・カーは鈴木のイラストの代名詞とも言え、やはりノスタルジーを喚起する要素になっているが、それがしばしば配置されるのも海辺である。図33の「COORS COLOR」は一九八九年の作で、アメリカの缶ビールのパッケージ色とポルシェ356のシャンペンイエローとを重ね合わせたタイトルとなっている。[14] 小さな四角や丸、楕円などによって表された光のハレーション[15]がイラスト全体にちりばめられ、その光のなかを黄色いポルシェ356が海辺に向かって走っていく構図は、かつて存在しただろうアメリカに対する憧憬に満ちている。

鈴木のイラストに描かれる失われてしまったアメリカに対する哀愁や、かつて存在しただろうアメリカに対する憧憬。周到な現地取材で撮影した写真を土台に制作され、一九七〇年代にアメリカで流行したフォト・リアリズムやハイパー・リアリズム、スーパー・リアリズムといった画法の影響を指摘される鈴木のイラストは、写実主義《リアリズム》でありながら、対象を写し取っているわけではない。(16) 鈴木のイラストが描き続けたのは存在しないアメリカであり、海辺の風景も徹底的にイメージとしてのそれでしかない。

6　表象としてのリゾート

こうした表象は、鈴木英人だけのものではない。同じく一九八〇年代に活躍したイラストレーター永井博の作品にも同種の特徴が見られる。永井は四七年（昭和二十二年）に徳島市で生まれ、グラフィックデザイナーからイラストレーターに転身、七八年（昭和五十三年）にフリーとなった。(17) イラストレーターとしての永井の名を広めたのは、八一年（昭和五十六年）にリリースされ、大ヒットした大滝詠一のアルバム『A LONG VACATION』（NIAGARA）のジャケットデザインだが、それ以前に実は永井と大滝は二人で同名の絵本を作成している。永井の回想によれば、絵本のコン

図34　大滝詠一／永井博『A LONG VACATION』（CBS・ソニー出版、1979年〔昭和54年〕）のカバー

セプトのもとにアルバムが制作され、絵本のカバーを飾ったイラストがそのままアルバムジャケットに採用されたという[18]。

大滝詠一らのポップソングについては後述するが、大滝と永井の絵本『A LONG VACATION』（CBS・ソニー出版、一九七九年〔昭和五十四年〕）（図34）での海辺もアメリカンな表象に満ちている。こうした作風についても、後年の永井は、「もちろん米国が好きだったというのはあります。ちょうど「POPEYE」なんかが創刊されて、西海岸の雰囲気が日本でも紹介されはじめて、とにかくかっこいいなと思っていた」と回想しており、アメリカ西海岸の若者文化を紹介していた「POPEYE」の影響力にふれている。ということは、同誌上に用意された様々な記述や表象が永井の視野に入っていて、それを「かっこいい」と捉える感性が伝えられ、共有されていたということだろう。

絵本のカバー、アルバムのジャケットになった永井のイラストは、手前にリゾートホテルのプールが描かれ、その彼方には海が見える構図となっている。こうした世界は、「POPEYE」に連載記事を寄せていた片岡義男の小説のそれとも重なり合い、片岡の小説でも、男女の接近を促す場として、プールという人工化された水辺が登場するケースが多い。プールが設置されたリゾートホテルも、一九八〇年代の片岡の小説にときおり登場する。

やはり一九八〇年代に人気を博した、漫画家・イラストレーターわたせせいぞうの作品にも同様の表現が見られる。わたせせいぞうは四五年（昭和二十年）に神戸市に生まれ、生後間もなく小倉へ移り、高校卒業時までその地で過ごしている。戦後の小倉にはアメリカ軍が駐留していて、わたせの両親はこの地で外国人相手のホテルを経営していた。幼少時からアメリカ兵たちと接する機会が多かったわたせには、「陽気で楽しいアメリカ」のイメージが刻み込まれることになったという。[19]

一九七〇年代から本格的に漫画を描き始めたわたせは、八三年（昭和五十八年）から出世作となった「ハートカクテル」を「コミックモーニング」（講談社）誌上に連載し、漫画家・イラストレーターとしての地歩を固めた。アメリカン・コミックスを思わせるオールカラーの漫画「ハートカクテル」は、毎号四ページのショートストーリー仕立てで、都会的な青年男女の恋愛を描き続けた。この漫画の登場人物は、サーフィンやオートバイ、車に興じ、欧米の都市をほうふつとさせるような無国籍な街のアパートメントで生活している。トラディショナルなファッションスタイルで、五〇年代から六〇年代のジャズ、ポップスをBGMとした、しゃれたバーやカフェ、レストランに出向くのが、この漫画の登場人物たちの日常だ。サーフィンやオートバイ、車がよく描かれるのも片岡義男の小説に類似しているし、登場する車がオールド・カーで

図35　「残り$\frac{1}{10}$は来年の夏に」
（出典：わたせせいぞう『ハートカクテル』第2巻〔講談社漫画文庫〕、講談社、1995年）

あるのは鈴木英人のイラストと同じである。

夏の海辺の物語は「ハートカクテル」でも頻繁に登場し、海外のリゾート地を思わせるような海辺を舞台に男女の恋愛模様が描かれる。図35の「残り$\frac{1}{10}$は来年の夏に」（「コミックモーニング」一九八五年〔昭和六十〕九月五日）は、多忙でなかなか会うことができないカップルの一日だけの夏休みを、アメリカのメーカーであるコパトーンのサンオイルという一つの商品を用いて描いている。

図36　「白い夏のディスタンス」
（出典：わたせせいぞう『ハートカクテル』第4巻〔講談社漫画文庫〕、講談社、1995年）

図36は「白い夏のディスタンス」（「コミックモーニング」一九八七年〔昭和六十二年〕八月十三日）という物語の末尾で、けんかをしたカップルが仲直りをする心理的・物理的な距離を、リゾート地の浜辺に映った椰子の木の影が表している。南国やアメリカ西海岸、リゾート地を思わせる「ハートカクテル」の海辺にも、アメリカンな雰囲気を嗅ぎ取ることができるだろう。

わたせせいぞうの『おとこの詩』（角川書店、一九八五年〔昭和六十年〕）には、片岡義男が「わたせせいぞうさんが連れてくる彼女」という解説を寄せていて、女性の表現での二人の感性の類似について述べている。そもそも片岡義男とわたせせいぞうは、角川書店の雑誌「野性時代」で一九八〇年代後半から誌面をともにしていて、「野性時代」の表紙や片岡の小説の挿絵には鈴木英人のイラストが起用されていた。

鈴木英人、永井博、わたせせいぞうといった描き手はいずれも占領期の日本で幼少期を過ごし、アメリカに対するイメージをそれぞれに内面化していた。そうしたなかで、「POPEYE」などによってアメリカの若者文化が紹介されて、カリフォルニアや南国リゾートをほうふつとさせる海辺の表象が生産／再生産されていった。白砂青松という語で言い表される日本の海岸は、この時代にその表象の転換を迎えていくことになる。それは一九八〇年代後半のバブル経済のなか、八七年（昭和六十二年）に成立したリゾート法の影響で国内がリゾートブームに沸き、各地にリゾートホテルの建築が計画されていた状況[20]によって加速していった。

7　松本隆の歌詞

一九八〇年代の鈴木英人はあらゆる媒体にイラストを寄せているが、なかでもよく知られているのは、八一年（昭和五十六年）に創刊された「FM station」（ダイヤモンド社）の表紙絵だろう。鈴木は「FM station」創刊時から表紙のイラストを担当し、付録として綴じ込んだカセットレーベルも鈴木のそれだった[21]。

鈴木をはじめ、先に取り上げたイラストレーターたちと一九八〇年代にポップソングを生み出していたミュージシャンや作詞家たちとの関わりは深い。例えば、永井博は絵本『A LONG VACATION』の他にも、作詞家来生えつこと『ハレイション』(CBS・ソニー出版、一九八一年〔昭和五十六年〕)を刊行していて、やはりここでも南国風のビーチやリゾートホテルのプールを描いた永井のイラストと、その場での恋愛を題材とした来生の詞が交差している。同様に、鈴木英人のノスタルジックなアメリカのイラストと山下達郎の歌詞によって構成された『Southward bound』(シンコー・ミュージック、一九八三年〔昭和五十八年〕)という書物もあり、「夏だ、海だ、タツローだ!」という標語が生まれた山下達郎の大ヒットアルバム『FOR YOU』(BMGファンハウス、一九八二年〔昭和五十七年〕)のジャケットが鈴木英人によるものであることはよく知られている。

大滝詠一や山下達郎が一九八〇年代に生み出していたサウンドは、「都市生活者のための都市型ポップス」と説明される「ジャパニーズ・シティ・ポップ」という語で捉えられていて、この範疇には、大滝や達郎の他に、細野晴臣や荒井(松任谷)由実、南佳孝、大貫妙子、竹内まりやなどが入ってくる。こうした八〇年代のポップ・ミュージックの動向を作り出したきっかけは、七〇年から七三年まで活動したロックバンドはっぴいえんどだったと言われ、そのメンバーだった大滝詠一、細野晴臣、鈴木茂、松本隆のバンド解散後のそれぞれの活動が、その後のシティ・ポップの生成へと連なっていったとされる。[22]

ジャパニーズ・シティ・ポップの歌詞には、都市生活者の心象風景や認識がさりげなく入り込んでいるようだ。[23] 例えば、その代表作と言える大滝詠一のアルバム『A LONG VACATION』にリゾート感覚が歌われているのも、都市生活者のリゾート地に対するイメージが投影されているからだろう。そして、こうしたポップソングが受け入れられた背景には、一九七九年（昭和五十四年）にソニーが発売したウォークマンや、七〇年代から八〇年代のラジカセ、カーステレオの普及などに表れているように、カセット・テープに録音した音楽を戸外に持ち出せるようになった状況も関わっているだろう。(24)

リゾート地を歌ったポップソングが、その地に対する明るいイメージに満ちていたり、海辺という場がそのイメージに利用されていたりすることは容易に想像できるが、少なくとも『A LONG VACATION』を構成するほとんどの曲の作詞を担当した松本隆の歌詞は、そのような安易な認識を再考させていくような表現性を備えている。このアルバムに収録された「カナリア諸島にて」の歌詞を見てみよう。

薄く切ったオレンジをアイスティーに浮かべて／海に向いたテラスで／ペンだけ滑らす
夏の影が砂浜を急ぎ足に横切ると／生きる事も爽やかに／視えてくるから不思議だ
カナリア・アイランド　カナリア・アイランド／風も動かない（＊）
時はまるで銀紙の海の上で溶け出し／ぼくは自分が誰かも／忘れてしまうよ
防波堤の縁取りに流れてきた心は／終着の駅に似て／ふと言葉さえ失した
＊Repeat
あの焦げだした夏に酔いしれ／夢中で踊る若いかがやきが懐かしい

もうあなたの表情の輪郭もうすれて／ぼくはぼくの岸辺で／生きて行くだけ……それだけ……

「カナリア諸島にて」は、そのタイトルとメロディーから、リゾート地での開放的な気分を単純に歌った曲と考えられるかもしれないが、歌詞を確認すると決してそうではない。この詞に語られる「ぼく」は、「夏に酔いしれ」ていた「若いかがやき」を懐かしむほどの年齢にあり、おそらくは恋人であろう「あなた」の記憶を失いかけ、「ぼくの岸辺」で生きていくことを決意している。

つまり、「カナリア諸島にて」は、確かにリゾート地での開放的な気分を歌っているとしても、その背後にある心情の中心は、「あなた」との関わりのなかでの疲弊であり、自分が自分として生きることに対する行き詰まり、すなわち孤独感なのである。こうした心情を、「夏の影が砂浜を急ぎ足に横切る」「時はまるで銀紙の海の上で溶け出し」「防波堤の縁取りに流れてきた心は／終着の駅に似て」「ぼくはぼくの岸辺で／生きて行くだけ」といったポップソングの歌詞にはやや過剰とも言える比喩のなかで表しているのだ。

このような表現性は当然、他のナンバーにも見ることができる。次は、同じく海辺を歌った「雨のウェンズデイ」の冒頭だ。

壊れかけたワーゲンの／ボンネットに腰かけて／何か少し喋りなよ／静かすぎるから
海が見たいわって言い出したのは君の方さ／降る雨は菫色　Tシャツも濡れたまま
／wow wow Wednesday

図37　松本隆詩『風のバルコニー――松本隆詩集』新興楽譜出版社、1981年

雨の海辺でワーゲンのボンネットに腰かけて語らうカップルは、カラフルなオールド・カーを中心に据えた鈴木英人のイラストの世界に通じるものがある。二人が訪れた海は、男女の出会いを用意する場でも、二人の愛を深め合うための場でもなく、別れを予感させる雨の日の海岸である。しっとりとしたこの曲のメロディーに松本のもの哀しい歌詞が呼応し、曲のなかで繰り返される「降る雨は菫色」というフレーズがこの歌詞に描かれた風景を淡く彩っている。

松本は数点の詩集を出版していて、その詩にイラストレーターたちがイラストを添えた詩集『風のバルコニー――松本隆詩集』（新興楽譜出版社、一九八一年〔昭和五十六年〕）は、永井博のイラスト（図37）とともにこの「雨のウェンズデイ」を最初に掲げている。そのイラストには、ワーゲンもカップルもスミレ色の雨も描かれることはなく、アメリカ西海岸とも南国ともとれる無人の海辺だけがただ横たわっている。

一九四九年（昭和二十四年）に東京に生まれた松本

隆は、はっぴいえんど時代には主にドラムと作詞を担当していたが、バンド解散後、本格的に作詞家の道を歩み、シティー・ポップを生み出していたミュージシャンや多くのアイドル・アーティストに詞を提供してきた。はっぴいえんど時代から「風」と「街」をキーワードとした独特の詩的世界を展開していて、八〇年代には小説『微熱少年』（新潮社、一九八五年〔昭和六十年〕）を刊行、その映画化（一九八七年〔昭和六十二年〕公開）も試み、監督を務めてもいる。前に取り上げた「雨のウェンズデイ」の物語も、「菫色の雨の降る水曜日」に別れの予感に満ちた少年少女が海辺を訪れる場面として、この小説のなかに用いられている。

こうした松本の詩的世界を構成しているのは多くの文学作品であり、松本は十代の頃にアルチュール・ランボーやシャルル・ボードレールの詩にふれ、[25] はっぴいえんど時代には宮沢賢治をよく読んでいたという。[26] 中原中也にも関心をもっていて、映画『微熱少年』の海辺のシーンには、中原中也「北の海」の「海にゐるのは、／あれは人魚ではないのです。／海にゐるのは、あれは、浪ばかり」というフレーズが挿入されている。

大滝詠一のサウンドには、ビーチ・ボーイズに代表されるような一九六〇年代のアメリカン・ポップスの影響が見られ、アメリカ西海岸やリゾート地のイメージを醸し出すような楽曲はそこからにじみ出てくることがわかるが、同じくミュージシャンとしてそのようなポップスに影響を受けた松本隆がイメージに呼応した詞を用意すると、松本が接していた〈文学〉的表現がそのイメージに微妙な陰影を刻み込むのである。「カナリア諸島にて」や「雨のウェンズデイ」のなかにリゾート地や海辺に向かう者の鬱屈が潜んでいるのは、その一例だろう。

ちなみに、大滝詠一と永井博が絵本『A LONG VACATION』を刊行し、大滝と松本がそのコンセプトに沿った曲作りをおこなっていたのとほぼ同時期の一九七八年（昭和五十三年）、桑田佳祐率いるサザン（サザンオールスターズ）が「勝手にシンドバッド」でメジャーデビューを果たしている。周知のように、以後のサザンは湘南という地域性を曲作りや活動に据え、広範な支持を獲得してきた。前述したように七〇年代後半は、雑誌「POPEYE」がサーフィンなどのアメリカの若者文化を紹介し、湘南をカリフォルニアやハワイ、グアムと「地続き」の場として位置づけていた時期でもある。(27)

大滝詠一や山下達郎たちのポップソングとはやや傾向が異なるサザンのヒット曲には、夏の海と恋愛をめぐる物語に湘南という場を結び付けたものが多い。そこにアメリカンな要素を見いだし、それをたどることも十分可能だが、もはやそのようなことを問いかけること自体が無意味なほど、わたしたちはこのような海辺のイメージと物語を受け入れてしまっている。そして、それは「太陽の季節」が広まった時代よりもさらに、湘南という特定の場のものではなくなっている。

8　海辺の変容

一九七〇年代の後半から八〇年代の海辺の表象を、雑誌メディア、小説、イラスト、ポップソングなどのなかに見てきたが、そこに漂っているのは、明るく乾いたカリフォルニアの海辺のイメージや、やや寂れたノスタルジックなイメージ、あるいは都市生活の疲弊を癒やす南国リゾートのイメージだ。こうした、いま・ここには存在しない場が様々な媒体のなかで表象され、そのようなイメージがこの時期に大量に消費されていたことになる。梁木靖弘『渚のモダニズム――〈夏の感性〉としての戦後』(マック、一九九八年)によれば、海辺が「現実のものから次第にイメージへと転換していった」のがこの時期だという。

占領軍の車列に圧倒された木滑良久や、占領軍の職員を父親にもつ片岡義男、幼少期をアメリカ軍基地の町横須賀で過ごした鈴木英人、やはり幼少期からアメリカ兵と接することが多かったわたせせいぞうらの自己言及を重視して、それはアメリカに対する彼らの憧憬がもたらしたものだとすることは容易だ。自らの表現を意識しているにせよ、それに対して無意識であるにせよ、様々な形でなされた〈アメリカ〉の内面化が、カリフォルニアやハワイ、グアムへの憧憬として、またすでに失われてしまったアメリカに対するノスタルジーとして、この時期の大衆文化に表出していたことになるだろう。

これらが若者文化や大衆文化として、あるいは流行として一九七〇年代後半から八〇年代に蔓延していったことは、海辺をこのようなイメージで捉えるような感性が蔓延していったことをも物語っているのではないだろうか。太陽に照り輝く明るいビーチや経験したこともない過去のアメリカの風景を心地よく感じ、仕立て上げられた南国リゾートのイメージに癒やされるような感性の蔓延は、おそらく実際の海辺の風景をも変容させていくほどの力をもっていただろう。防砂林として植えられたクロマツなどの樹木に囲まれ、白砂青松と呼ばれていた海辺が、アメリカンなビーチや南国リゾート風の施設、椰子の木を用意し始めるのもこの頃であるように思われる。

　前章で述べたように、例えば湘南には、すでに一九五〇年代後半から「東洋のマイアミ」を目指して湘南海岸公園などリゾート風の設備が設置されていた。六〇年代にはパシフィックパーク茅ヶ崎など、様々なリゾート施設が湘南の各地に建設されていく。八〇年代の湘南の海水浴場では、ビーチハウスと呼ばれる施設が海辺を占拠し、従来からあったよしず張りの海の家との差異を演出した。資生堂のサンフレアハウスに代表されるビーチハウスは、企業の商品やグッズの販売、テラスでの簡単な飲食を主なサービスとして、前述したような表象が蔓延していくなかで、リゾート地が醸し出すような雰囲気を湘南に用意したのである。[28]ただし、湘南の茅ヶ崎海岸の緑は、戦後の地域の努力により、八七年（昭和六十二年）に日本の松の緑を守る会によって「湘南海岸と神奈川県を代表する松林」として「日本の白砂青松百選」に選ばれており、[29]湘南がアメリカンなビーチや南国リゾート風の施設一色に染め上げられていたわけでもない。

　第2章で扱った「金色夜叉」の舞台熱海海岸にも、一六四五年（正保二年）に伊豆を巡視した老中・松平信綱によって植えられたと伝えられる松並木[30]があり、一九一九年（大正八年）に設置された「金色夜叉の碑」のかたわらにあった松の木はいつしか「お宮の松」と呼ばれるようになった。戦後の熱海は新婚旅行や社員旅行のメッカとして栄えたが、熱海市観光課の報告書『熱海市の観光実態調査と再開発展望』（一九六九年〔昭和四十四年〕）には、「〝お宮の松〟以来の上等な場所としての熱海に対する国民的な憧れは、じょじょにうすらいでいる」とあり、七〇年代を前に再開発を模索している。八八年（昭和六十三年）、「金色夜叉の碑」や「お宮の松」のすぐ近くにオープンした人工ビーチの熱海サンビーチは、椰子の木やホテル群がその周囲を取り囲み、熱海海岸はリゾート風の浜辺へとイメージを変えた。

一九八〇年代のこのような風景の変化を見ると、アメリカンなビーチや南国リゾート風の海辺は、すでに表象の問題ではなくなっている。そして、それ以降もビーチやリゾートイメージは様々なデザイン要素を取り込みながら表象を拡散し、実体を作り上げているのである。そこでは、相変わらず恋人たちが語らい、愛を深めている。

注

(1) 岡田章子「「POPEYE」におけるアメリカニズムの変容と終焉——若者文化における「モノ」語り雑誌の登場とその帰結」(吉田則昭/岡田章子編『雑誌メディアの文化史——変貌する戦後パラダイム』所収、森話社、二〇一二年)は、本章が問題にしている「POPEYE」とアメリカニズムの関係を総体的に論じている。

(2) 木滑良久/室謙二「華やかに煙って、まわりは星ばかりだった——「週刊平凡」「平凡パンチ」そして「an・an」へ」「思想の科学」編集委員会編「思想の科学」(第七次) 一九九〇年十二月、思想の科学社、「木滑良久」「太陽」一九九四年二月、平凡社、木滑良久/花田紀凱/藤崎美穂「編集長インタビュー 雑誌なんて出してみなきゃわからない——木滑良久 マガジンハウス 最高顧問」「Web & publishing 編集会議」二〇〇四年五月、宣伝会議、参照

(3) 木滑良久「木滑良久」、クリーク・アンド・リバー社『DIRECTOR'S MAGAZINE』編集部編「DI-

RECTOR'S MAGAZINE」二〇〇九年五月、クリーク・アンド・リバー社「DIRECTOR'S MAGAZINE」編集部

（4）椎根和『popeye物語——若者を変えた伝説の雑誌』（新潮文庫）、新潮社、二〇一〇年、参照

（5）木滑良久／小池一子／浜野安宏／大田克彦「座談会 いま、何かが確実に起こっている」（「特集 アメリカの新しい波」「ADVERTISING」一九七五年七月、電通）での木滑の発言。

（6）加藤厚子「出版文化と若者」、前掲『湘南の誕生』所収、参照

（7）同論文参照

（8）石川弘義／藤竹暁／小野耕世監修『日本風俗じてん　アメリカンカルチャー③　70's』三省堂、一九八一年、参照

（9）「野性時代」創刊号（一九七四年五月）などでは、片岡の出生年は一九三九年（昭和十四年）となっている。

（10）片岡義男／吉見俊哉「対談　内なるアメリカと戦後の記憶」「中央公論」二〇〇九年九月、中央公論新社、参照

（11）この「角川商法」については、角川春樹『わが闘争』（イーストプレス、二〇〇五年）に回想がある。

（12）鈴木英人「半自叙伝」『AVENUE』六曜社、一九八八年

（13）横山正「鈴木英人のアメリカ」（同書所収）、室伏哲郎「風と光のデイ・トリッパー」（『風と光のデイ・トリッパー　鈴木英人全版画作品集　カタログ・レゾネ1993—1984』所収、リブロポート、一九九三年）など参照。

（14）鈴木英人「作品解説」、同書所収、参照

(15)鈴木英人『アメリカを描く』美術出版社、一九八七年、参照
(16)近藤幸夫「英人の原風景―アメリカ」、前掲『AVENUE』所収、参照
(17)永井博『Time goes by… 永井博作品集』ぶんか社、二〇〇八年、参照
(18)「INTERVIEW 永井博」『日本イラストレーション史』所収、美術出版社、二〇一〇年、参照
(19)わたせせいぞう『WORKS OF WATASE SEIZO 1987―1989 Vol.1 SWING SWING SINGING』竹書房、一九九〇年、参照。
(20)富田昭次『ホテルの社会史』青弓社、二〇〇六年、参照
(21)恩蔵茂『FM雑誌と僕らの八〇年代――『FMステーション』青春記』河出書房新社、二〇〇九年、参照
(22)このパラグラフについては、木村ユタカ監修『ディスク・コレクション ジャパニーズ・シティ・ポップ』(シンコーミュージック・エンタテイメント、二〇一一年)を参照した。
(23)木村ユタカ監修『クロニクル・シリーズ ジャパニーズ・シティ・ポップ』シンコーミュージック・エンタテイメント、二〇〇六年、参照
(24)前掲『FM雑誌と僕らの八〇年代』参照
(25)松本隆『風のバルコニー』新興楽譜出版社、一九八一年、参照
(26)「松本隆インタビュー」「中原中也記念館館報」二〇一〇年三月、中原中也記念館、参照
(27)前掲「出版文化と若者」、前掲『湘南の誕生』参照
(28)渡部亜希「イメージの中の湘南」、前掲『湘南の誕生』所収、参照
(29)小風秀雅著、茅ヶ崎市史編集委員会編『湘南の風景――茅ヶ崎・海と緑の近代史』(茅ヶ崎市史ブックレット)、茅ヶ崎市、二〇〇九年

(30) 前掲『熱海市史』上、参照

おわりに――性差の反転と日常

「オリーブ少女」の夏

一九八二年（昭和五十七年）、かねてから「POPEYE」の増刊として刊行されていた「Olive」が、平凡出版（現・マガジンハウス）から正式に女性誌として創刊された。初代編集長はやはり木滑良久で、「POPEYE」同様「Magazine for City Girls」と銘打たれた。創刊（一九八二年〔昭和五十七年〕六月三日）が夏を前にした時期だったため、特集「夏になりました。で、何を着ます?」では、避暑地やリゾート地にふさわしいファッションやグッズ類が紹介され、「BOOKは素敵なアクセサリー」と題された読書案内コーナーでも、「避暑地の出来事」を描いた小説群が紹介されている。

初期の「Olive」には「POPEYE」と同様の傾向がうかがえ、第二号（一九八二年〔昭和五十七年〕六月十八日）の「夏休みはホノルルに滞在するのがあたり前」「少女はシューンと海を行く」、第三号（一九八二年〔昭和五十七年〕七月三日）の「海流のなかの島々をカシッと着る旅行」、第四号（一九八二年〔昭和五十七年〕七月十八日）の「西海岸へ行ったら、メキシコまで行かなくちゃ…」といった特集では、やはりアメリカ西海岸や南国が取り上げられ、ウインドサーフィンなどのレジャーに対する女性たちの関心があおられている。冬になった第十四号（一九八二年〔昭和五十七年〕十二月十八日）でも、特集「マイアミの北八十マイルの地に真のフロリダがある…　羨望のパーム・ビーチ」が組まれ、当地のショップやレストラン、ライフスタイルが紹介されていて、あたかも鈴木英人や永井博が描くリゾート地のような写真も列挙されている。第十号（一九八二年〔昭和五十七年〕十月十八日）で特集された「ファイン・ボディをつくるために　ビューティサイズ」では、女性誌の定番、理想の体形を現実のものとするためのエクササイズが紹介されていて、身体への意識を喚起する。

その後、「Olive」は、「まだ世の中の事を知らないピュアな女の子のイメージ」「フランス娘のように、よく気がつき、ちょっぴり意志的な雰囲気」（堀内誠一著、マガジンハウス『雑誌づくりの決定的瞬間 堀内誠一の仕事』編集委員会編『雑誌づくりの決定的瞬間 堀内誠一の仕事』マガジンハウス、一九九八年）が漂う雑誌へと徐々に姿を変え、表紙の文言も「Magazine for Romantic Girls」に変更された。読者層も十代の少女に照準を合わせ、「オリーブ少女」と呼ばれる独特のファッションとライフスタイルを提示するようになった。これは、淀川美代子の編集方針によるところが大きい。フランスの少女をイメージさせるようなヨーロピアンな雰囲気を漂わせるこの雑誌に、小説「放課後の音符《キイノート》」の一編として、山田詠美の「CRYSTAL SILENCE」（「Olive」一九八八年〔昭和六十三年〕八月十八日―十月三日、マガジンハウス）が掲載された。この作品は、同誌上に連載されていた他の短篇小説を含めて単行本『放課後の音符《キイノート》』（新潮社、一九八九年）として刊行された。前章で述べたように、ちょうどアメリカンなビーチや南国リゾート風の海辺の表象が渦巻いていた一九八〇年代末期のことである。

山田詠美は、一九八五年（昭和六十年）に「ベッドタイムアイズ」で文藝賞を受賞、同作で昭和六十年度下半期の芥川賞候補にもなった。翌年度も「ジェシーの背骨」「蝶々の纏足」で連続して芥川賞候補になったが、結局「ソウル・ミュージック・ラバーズ・オンリー」で昭和六十二年度上半期の直木賞を受賞した。こうした作家としての社会的な評価や、「蝶々の纏足」などでの少女の繊細な内面描写が、「Olive」への小説連載に結び付いた要因だろう。

「CRYSTAL SILENCE」のプロットを簡単に整理すれば、「沖縄のはずれの島」に向かったマリという少女が、その地で出会った口もきけず耳も聞こえない少年とのひと夏の恋を、親友である「私」に語るというものだ。この小説は次のように始まる。

夏に恋が似合うだなんて、いったい誰が決めたのかしら、とマリは言う。（略）夏の始まりには、ちょっと大人っぽい冒険でもしてみようかと、騒ぎながら友達同士で提案し合ったりしてみるものの、実際の私たちは、そんなことに足を踏み入れるには、少しばかり臆病だ。そりゃあ、誰だって小説に出て来るような海辺での出会いを経験してみたいと思っている。けれど、そんなもの、待っていたって、滅多に来ないものなのだ。

この小説は、「海辺での出会い」が「小説に出て来るような」物語だと自己言及するところから語り始められている。第1章で述べたように、すでに明治期には海辺での男女の出会いがステレオタイプな物語として認識されていたが、百年近い時の流れが経過してもそれは物語のままである。自己言及的に反復されるのが物語たるゆえんなのだ。

ちなみに、この「CRYSTAL SILENCE」が連載されていた時期の「Olive」(一九八八年〔昭和六十三年〕九月三日)誌上では、「オリーブ少女、いきいき進行形! Report3 失恋なんて、こわくない!」という特集が組まれ、「ひと夏の恋を、したことがある?」というアンケート結果が掲載されている。結果は、YESが二七パーセントで、NOが七三パーセント、そのかたわらには、湘南でサーファーとひと夏の恋を経験したある少女の談話が紹介されている。

性差の反転

本書では、江見水蔭らの明治期の文学表現から「POPEYE」誌上での海辺のナンパ術に至るまで、恋愛、出会いの場としての海辺について様々な材料を使いながら考えてきた。そこに海辺の女性やその身体に対する男性の欲望が反映していることも、これまでに述べてきたとおりだ。ただ、こうした男女の海辺の出会いの物語を女性が描いたとき、物語は多少の動揺を示し始める。山田詠美の「CRYSTAL SILENCE」はそのような物語の一つなのである。

この小説の作中人物マリとその友達との会話を見てみよう。


「すっごい陽に灼けてるんじゃん、マリ、どっか行ってたの?」

「うん、おばあちゃんのとこ」

「どこなの?」

「沖縄のはずれの島よ」

「へえ、リゾートっぽいとこ？」
「ううん、海しかないとこ。観光客なんていない」
「えー、何してたのよ、そんなど田舎で」
「男の子に恋してた」

マリが滞在した「観光客なんていない」「沖縄のはずれの島」は、一九八〇年代の海辺の表象に顕著な南国リゾートからやや逸脱する。「POPEYE」が奄美群島を「冒険」の対象にしていたように、「リゾートっぽいとこ」ではない「沖縄のはずれの島」だからこそ、その地に消費の欲望が注がれることもあるだろうが、マリにとっての「沖縄のはずれの島」は「おばあちゃんのとこ」にすぎない。そして、マリの話を聞く友達全員が笑いだしてしまうくらいに、ためらうことなく、その地で「男の子に恋してた」とマリは言うのである。

マリは信用する「私」にだけそのひと夏の恋を語るのだが、マリの恋は、あのステレオタイプな海辺での男女の出会い、恋愛の物語そのままである。むしろそうであるがゆえに、つまり、そっくりそのまま物語を反復することでそれに逆らおうとするかのように、マリはそのひと夏の恋を過剰なまでに甘美なものとして「私」に語り聞かせる。

ただし、ここで注意しなくてはならないのは、そのステレオタイプな物語が語られる際の、性差と身体をめぐる表現だ。江見水蔭らの明治期の文学表現から「POPEYE」誌上での海辺のナンパ術に至るまで、そこには一貫して海辺の女性やその身体に対する男性の欲望が反映していた。それはいわば社会構造となっているとも言えるだろうが、そのような男性の欲望に支えられた物語を一人の少女の視点から、そして一人の少女の物語として語り直そうとしているのが「CRYSTAL SILENCE」の物語構造なのだ。そして、明治期の江見水蔭『海水浴』で、主人公である野々井が海水浴場で海女のお瀧の〈自然〉な身体に魅せられていたその性差の構造をあたかも反転したかのように、マリは、「何もかもが自然のまま放っておかれている場所」で解放され、「ぼろぼろの短パンとTシャツ」「脱色されちゃってぱさぱさ」の髪の毛、「真っ黒な顔」「白い歯」という野生味あふれる〈自然〉の身体を備えた少年に引かれていくのである。マリは少年とのセックスを次のように語る。

日ざしが眩しくて、彼のことも見えなかったわ。彼は、それなのに静かな目で私を見ていたみたい。太陽は彼の背中の上にあったから、瞳をよく働かせることが出来たのね。彼の耳が聴こえないように、私の目も見えなかった。私たち、ちょっと可哀相な動物みたいに愛し合ったってわけ。

〈自然〉な場で〈自然〉な男性との間に繰り広げられたマリのロマンチックな性愛は、男性の欲望やまなざしを反転したものと片づけられてしまうかもしれないし、「初めて、男の子に負けることの気持良さ」を知ったと語るマリは、男性の欲望を身に帯びたものと理解されるかもしれない。口もきけず耳も聞こえないという少年の〈障害〉をめぐる表現も、身体に中心化されたコミュニケーションをよりロマンチックに演出するだけのものと捉えられることもあるだろう。

しかし、男性の欲望に支えられた海辺の恋愛物語が互いに結び付き、連続し、社会構造になっているとすれば、それを女性の物語として語り直し、欲望のまなざしにさらされた身体を自ら語っていくのも一つの方法ではあるだろう。特に、こうした性差と身体をめぐる表現を小説本文の次のような表現と結び付けて考えたとき、この小説の可能性はさらに開かれるのではないだろうか。

私たちの生活って、色々なディテイルによって動かされすぎているんじゃないかと、時々思ってしまう。たとえば、あそこのブランドのお洋服が欲しいからアルバイトをするとか、誰々は、どこそこのお店に出入りしているから恰好がいいとか。でも、それは自分の価値観から出た言葉じゃない。「あそこのブランド」とか、「どこそこのお店」のようなのって、ほとんど多数決の世界だ。

これは、マリのひと夏の恋の物語を聞いた「私」の語りだが、まさしく生活の「色々なディテイル」を示し、多くのブランドを紹介したのが、この小説が掲載された「Olive」ではなかっただろうか。もともと「Olive」は「POPEYE」の妹雑誌として創刊され、徐々に独自の少女文化を築き上げていくことになるのだが、そのような情報誌・ファッション誌としての「Olive」の性質自体を相対化するような表現を滑り込ませながら、かつ前述したような性差と身体をめぐる表現性を備えているところに、「CRYSTAL SILENCE」という小説の批評性があるのである。

表象の反復と日常

「CRYSTAL SILENCE」のように、強固な物語を動揺させるような表現が見られる一方で、本書で扱ってきたような海辺の物語や表象は、わたしたちの日常生活に大量にちりばめられている。一九九〇年代以降の漫画を例に取り上げて見てみよう。

一九九一年から「週刊少年マガジン」（講談社）で連載され始めたイタバシマサヒロ作、玉越博幸画「BOYS BE…」は、シリーズ化され、テレビドラマやアニメにもなった青春少年漫画だが、少年漫画の約束どおり、性的妄想に満ちた少年が少女と触れ合う物語を何度となく繰り返している。その連載第一回の物語は「'91夏、南の島にて…」というタイトルで、リゾート地である南の島にやってきた一人の純朴な少年と少女のひと夏の恋を描いている。一緒にやってきた少年の兄やその友達は海でのナンパに明け暮れるが、そのような雰囲気になじめない少年とその島で暮らしている少女が海辺で偶然出会い（図38）、キスを交わし、夏とともに少年は島を去る（図39）というストーリーだ。

図38　「'91夏、南の島にて…」
（出典：イタバシマサヒロ作、玉越博幸画『BOYS BE… 1991』〔講談社漫画文庫〕、講談社、2002年）

少年漫画の多くがそうであるように、

読者の期待に応えるかのように少女の肉体はクローズアップされ、少女の身体に対する少年の視線と読者のそれは重ね合わせられることになるだろう。そうした身体へのまなざしを媒介としながら少年の恋心が芽生え始めるのだが、東京から海水浴場にやってきた男性が、地元の少女の身体に魅せられて恋に落ちるという物語は、明治期の江見水蔭『海水浴』と同じ構造だ。この漫画の少年と少女はロマンチシズムに満ちた夜の海辺でキスを交わし、少年はひと夏の恋をセンチメンタルにかみしめながら島を去るという点で、この物語には海辺にまつわる典型的なイメージがふんだんに使われている。

図39　「'91夏、南の島にて…」
（出典：同書）

　この初回の連載から十年後に刊行されたイタバシマサヒロ原作、玉越博幸漫画、週刊少年マガジン編集部監修『BOYS BE… Last Season』（［KCDX］、講談社、二〇〇一年）には、「'01そして再び夏、南の島へ…」がこの物語の続篇として収められ、十年後の少年と少女の姿が描かれている。この続篇では、少女と出会った翌年に少年が少女に会いに島へ向かったエピソードが差し込まれているが、物語自体は、島を出て都市部で暮らしている少女と社会人となった少年がたまたま再会し、島へつながる海を二人で眺めるところ（図40）で幕を閉じている。

思春期の少年を描く連載漫画がスタートするにあたって、そこで選ばれたモチーフが海辺でのひと夏の恋だったのは、それが少年の青春と恋愛を描くにふさわしい題材だったからだろう。つまり、このステレオタイプな物語は、いまでも吸引力を失っていないのだ。

少年漫画では、海辺での少女の身体がクローズアップされ、そこに性的なまなざしが注がれていく傾向がはっきりと見て取れるが、少女漫画でも、海辺はしばしば登場人物を演出するドラマチックな場として描かれる。例えば、一九九二年から少女漫画雑誌「りぼん」（集英社）で連載が始まり、後にはアニメ化もされた吉住渉の「ママレード・ボーイ」には、海を舞台としたシークエンスが登場する。この物語は、もともと学生時代から互いに親密だったある少女の両親とある少年の両親がそれぞれ離婚し、お互いのパートナーを交換して再婚した末に、全員で一緒に生活するところから始まるが、そのような両親の複雑な恋愛関係・夫婦関係のため、少年は自らの出生について悩むことになる。図41はその場面で、海辺で独り苦悩を抱え込む少年をその恋人である少女が支え（図42）、二人はキスを交わす（図43）。

図40 「'01そして再び夏、南の島へ…」（出典：イタバシマサヒロ原作、玉越博幸漫画、週刊少年マガジン編集部監修『BOYS BE… Last Season』〔KCDX〕、講談社、2001年）

自身の出生の秘密を抱え、そ

図41
（出典：吉住渉『ママレード・ボーイ』第3巻〔集英社文庫：コミック版〕、集英社、2008年）

図42
（出典：同書）

の苦悩から海辺を訪れるという少年の行動は、夏目漱石「彼岸過迄」の須永のそれと同様だ。むろん「彼岸過迄」は、作中人物である須永がその場で海辺を「考へずに観る」という態度を手に入れることに意義があり、「彼岸過迄」の海辺の表象と「ママレード・ボーイ」のそれは大きくレベルを違えるものだが、自分の存在について悩む者がその苦悩を癒やすために向かうのは、やはり海辺なのである。それを描いた「ママレード・ボーイ」のこのシークエンスは、明らかにセンチメンタルでロマンチックな海辺のイメージを利用し、劇的な効果をもたらしている。

少女漫画では同様の表現が多く見られ、「ベツコミ Betsucomi」（小学館）に二〇〇三年から連載され、やはりテレビドラマ化・映画化された芦原妃名子「砂時計」でも、島根県大田市仁摩町にある砂博物館・仁摩サンドミュージアムや、鳴り砂で有名な琴ヶ浜が作中で使われ、海辺は恋人同士の別れの場面（図44）や、結末の幸福な家族生活を演出する場（図45）として描かれている。こうした表現はこの手の少女漫画には数多く存在し、挙げればきりがないだろうし、現在もなおどこかで生産／再生産されている表象だと言えるだろう。

図43
（出典：同書）

日常の再発見

ただし、そのような漫画での表象の反復のなかにも、思わず足を止めてしまうような表現性が生じる場合がある。「マンガ・エロティクス・エフ Manga erotics f」（太田出版）に二〇〇九年から一三年まで連載され、過激な性描写が特徴的な浅野いにおの

「うみべの女の子」には、そうした要素を認めることができるだろう。

この漫画の中心人物は、二人の中学生・磯辺恵介と佐藤小梅だ。小梅は、軽薄な先輩男子三崎にもてあそばれたことをきっかけに、学校では目立たない存在である同級生・磯辺とセックスを繰り返すが、決してキスは許さない。当初の二人は、小梅を恋する磯辺の気持ちを小梅が利用するよう

図44
（出典：芦原妃名子『砂時計』第4巻〔小学館文庫〕、小学館、2011年）

図45
（出典：同書）

な関係だったが、二人のセックスが次第に激しくなるにつれ、いつしか磯辺に対する小梅の思いのほうが強くなっていく。

引きこもりがちな磯辺には兄がいたが、兄も学校になじめず、海で自殺している。磯辺は、兄が管理していたアニメマニア向けのブログをその死後引き継いでいて、磯辺の誕生日に自殺した兄の影を追い続けている。小梅をもてあそんだ三崎に磯辺が暴力をふるう場面があるが、これは、兄を自殺に追い込んだような集団全体に対する磯辺の敵意を示すものだろう。三崎たちのグループと磯辺の兄とは無関係なので、磯辺のこの行動は結果的に、小梅をもてあそんだ三崎に対する復讐にもなっている。

こうした陰影をもつ磯辺はやがて死を口にするようになり、小梅を不安に陥れることになる。兄が海で自殺した磯辺の誕生日、小梅は誕生日プレゼントを持って町中磯辺を探し回り、海に向かって磯辺の名を叫ぶが、その頃、磯辺は一人の少女と偶然の出会いを迎えていた。その少女は、小梅と磯辺の関係が始まった頃、磯辺が浜辺で拾ったＳＤカードに記録されていた写真の少女だった。

磯辺は、見知らぬこの少女の写真をパソコンの壁紙に用いたり、この写真のデータを消した小梅に激しい怒りを示したりするほど、少女に執着を見せていた。徐々に小梅との関係から離れ、写真の少女との出会いによって磯辺の陰影は明らかに晴れていったが、一方で、磯辺に対する小梅の思いはピークに達する。小梅はいつもの町の浜辺でその思いを磯辺に伝えるが、磯辺にその気はなく、二人の関係は幕を閉じる。当初、磯辺がキスするのを許さなかった小梅は、別れの間際に磯辺にキスを求めるが、拒絶されている。その帰路、磯辺は三崎たちに対する暴行の容疑で警察官に声をかけられる。

このように、「うみべの女の子」には不安定な少年少女の恋愛と性をめぐる心情が描かれているが、そのタイトルが如実に示しているように、この物語で海辺が帯びる意味は実に多様だ。「うみべの女の子」での海は磯辺の兄が自殺した場であり、当初、磯辺にとってのこの町の浜辺は死んだ兄の影に追われる場だった。同時に、後に実際に出会うことになる写真の少女が記録されたＳＤカードを拾うのもこの町の浜辺だった。小梅にとっての海は、三崎にもてあそばれた末にふられ、悲しみに暮れて涙を流し、また、磯辺に思いを告げ、その思いがかなわずに独り号泣する場でもある。

この物語における海辺は一貫して陰鬱な色彩を保っており、磯辺や小梅は町の浜辺で独り物思い、ときに涙を流す。磯辺にとって、この陰鬱な浜辺の印象は、そこで拾ったＳＤカードに記録されていた〈うみべの女の子〉との出会いによって和らいでいるが、この町の浜辺に対する小梅の重苦しさはなかなか解けない。それは、中学を卒業して高校生になった小梅の内面を浸してもいる。

この作品の序文は、そのような小梅の内面を端的に表すものだ。

この街には／真夏になっても／あまり賑うことのない／小さな浜辺があって
自分はその浜辺を／何かを探しながら／歩くのが好きだった
しけた花火とか
昆布とか
風に飛ばされた／誰かの帽子とか

大抵期待したものは／見つからないし
もしかしたら初めから／何も期待なんて／してなかったのかも／しれないけれど

この表現は、物語の末尾で高校生になった小梅の台詞にも登場していて、それは高校生になってできた恋人に向けられている。磯辺と雰囲気が似たその恋人に、小梅は多くを期待しないし、期待もさせないことを伝えているが、そのような男性や恋愛に対する冷ややかさは、町の浜辺に小梅が抱いている思いと通底していると言えるだろう。

小梅は、その恋人と神社の階段で初めてのキスを交わし、中学時代の記憶を引きずりながら独り町の浜辺を歩く。そこで、幼なじみの鹿島と偶然出会い、高校生活について話を交わしていたとき、小梅は突如「……あ　見つけた」とつぶやき、物語は、「うみ!!」という小梅の台詞で幕を閉じる（図46）。

図46
（出典：浅野いにお『うみべの女の子』第2巻〔F×comics〕、太田出版、2013年）

この物語には、挿入歌とも言うべきポップソングが用いられていて、その歌詞の引用が物語との調和を生み出し、効果を発揮している。はっぴいえんどの「風をあつめて」がそれで、前章で扱った松本隆の作詞だ。磯辺の兄の遺品からこの歌の存在を知った小梅は、磯辺の死を予感させるその誕生日、たまたま同じ日に開催されていた学校の文化祭で放送部にこの曲をリクエストし、磯辺の誕生日プレゼントに用意したはっぴいえんどのＣＤが入っている紙袋を抱えて、磯辺を町中探し回っていた。

それで　ぼくも
風をあつめて　風をあつめて
蒼空を翔けたいんです
蒼空を

磯辺の自殺を心配して探し回る小梅と、そんなことをつゆ知らず、町をさまよい、写真の少女と邂逅する磯辺――その様子をクロスカッティングの手法で描くシークエンスにこの歌詞が引用されているのだが、それは、町を襲った台風が二人にとって陰鬱な浜辺をよりいっそう重苦しくしていくその日、「風をあつめて」「蒼空を翔けたい」と願っても、なかなかそうならない小梅と磯辺の内面を集約するのに十分だ。ゆったりとして物憂いこの曲のメロディーも、それを表すのを手伝っているとも言えるだろう。台風が過ぎ去り、太陽が現れた瞬間、磯辺は写真の少女との出会い、「蒼空を翔け」ることをほんの束の間手に入れるが、例の暴行の容疑で警察官に声をかけられ、物語から姿を消している。

「うみべの女の子」には、あまり必要性が感じられない性描写も散見され、これを海辺を舞台とした少年少女のほろ苦く、危うい恋愛と性の物語として一般化することも可能だろう。そのことがはらむ問題はもちろんあるだろうが、この物語を覆っているのは、これまで紹介してきた他の漫画のような、ドラマチックでセンチメンタルな舞台として海辺という場を利用するようなステレオタイプな表象だけではない。恋愛の場としての海辺を前提としながらも、その場がもたらす陰鬱さは、場に対する期待を拒否し続けている。その両面を、磯辺が憧れたSDカードの写真の〈うみべの女の子〉との出会いと、恋愛や性に対する期待を弱めた〈うみべの女の子〉である小梅の心情の揺れが表しているのである。

ただ、その小梅でさえ、「初めから／何も期待なんて／してなかった」この町の浜辺に、「うみ!!」を見いだしていくのであり、日常のなかに、その日常の確かさを再発見している。ドラマチックでもセンチメンタルな場でもない、日常としての「うみ!!」の発見は、決して実現することはないものの「風をあつめて」「蒼空を翔けたい」という願いを日常的に抱き続けることに似ている。

海辺の引力

さて、「うみべの女の子」に見られるように、わたしたちが日々接している海辺の表象に目を凝らせば、そこには多くの差異が刻み込まれているとも言えるのだが、その差異を感じ取ることを許さないほどに、海辺の表象はわたしたちの周囲に蔓延している。週刊誌を手に取れば、水着姿のグラビア・アイドルが海辺に横たわり、居酒屋に入れば、ビールジョッキを手に持った水着姿の女性が浜辺でほほ笑みを浮かべている。清涼飲料水のテレビコマーシャルでは、少年少女が浜辺を快活に走り回り、〝癒やし〟を売り物にするショップのデザインは南国リゾート風だ。

一言でいえば、本書が試みようとしたのは、こうした表象やそれにつきまとう出会い・恋愛の物語を、文学作品などの表現を材料として歴史的に相対化することだった。ただし、こうした表象に潜んでいる力を引き出し、それがつくられたものであることや物語であることを明らかにしたとしても、そうした表象や物語が、わたしたちの日常の一部となるまでに消費されていることの根本的な理由を説明したことにはならないだろう。

本書で達成できたことがあるとすれば、それはわたしたちの日常となり、その感性の奥深くまで入り込んでいる海辺のイメージが、百年以上前の小説や戦前の映画などにすでに表れているということくらいだろう。確かに明治・大正期にはすでに海辺は男女の出会いを期待させる場として意味づけられ、ロマンチック、センチメンタル、ドラマチックな場として描かれていた。そして戦後には、そこにアメリカンなイメージ、南国リゾート風のイメージが強く入り込んでくることになり、その延長上にわたしたちの現在がある。

そうした表象の力があることは確かなのだが、なおしっくりしないものが残る。あの広大な海を目の前にし、貝殻や小石が散乱する浜辺を踏みしめ、打ち寄せる波に指先を濡らしてみると、なおさらそう思わずにはいられないのである。ただ、そのしっくりしないものを説明することはきわめて難しい。それは、まばゆいほどの強い日差しを受け止める肌、貝殻や小石を交えた砂浜を踏む足裏の触感、汗ばんだ身体を包み込む海水、繰り返される波の動きといった、一連の海辺の事物に反応してしまう身体的な何かなのだろう。しかし、そのようなものを感じ取る自分の感覚も普遍的なものではない。

そのことを承知したうえで言えば、やはり海にはわたしたちが到底理解できず、到達することもつかみとることもできない要素があるということなのだろう。海はわたしたちという主体を超えた空間の一つであり、そこにはいま・ここにないものが予感され、それを期待してしまう。それは裏を返せば、恐怖と不安の空間ともなりうるのだが、そのような様々な意味での予感を喚起する場として、海とわたしたちが接触する場、海辺があるのではないだろうか。

ここで改めて、「はじめに」で書いた本書の課題の一部を思い出してみたい。それは、なぜ海辺は独り物思うことを促し、ささくれ立った感情を沈め、それを癒やす場であるのか、なぜその場で男女が出会ったり、愛を深め合ったりするのか、という問いだった。

わたしたちの主体を超えた海という空間を前にすると、自分の力ではどうしようもない圧倒的な他者性がその空間を満たしていることに気がつく。海を見ると、なぜわたしたちという存在がここにあるのかもわからなくなるような頼りなさを覚えることがある。海辺という場と、孤独を感じたわたしたちとが共鳴するのは、そのような存在の頼りなさを海が無言のうちに語りかけてくるからではないだろうか。そのために、その場の孤独は受け止められもするし、癒やされもするのではないだろうか。孤独は、そうなろうと思ってなれるものではないし、孤独であることから脱しようとしても、それはなかなかかなわない。自分の意志とは関係なくやってくる孤独が、わたしたちの主体を超えた海という空間と共鳴することで、わたしたちは孤独を受け止めたり、癒やされたりするのだろう。

男女の出会いや恋愛の場として、あるいはその別れの場として海辺が意味づけられているのも、わたしたちの主体を超えた海という空間が眼前に広がっていることと無関係ではないだろう。恋愛は、しようと思ってできるものではないだろうし、恋する相手の思いを努力によって手に入れることもきっと難しいだろう。そもそも、出会いがなければ別れは存在しないし、別れも偶然の相手とのそれにすぎない。それなのに、その偶然出会ってしまった相手との別れがつらいのは、それが自分の意志の結果であっても、自分の力ではどうしようもないものをどこかに含んでいるからではないだろうか。わたしたちが一生で出会い、接することができる人の数は限られているだろうし、そのような意味で、常に偶然にさらされているわたしたちと他者との出会い、そして別れは、他者性に満ちた空間である海と奇妙に似ている。自分の力ではどうしようもない、そのようなものがあるという点で似ているのである。

わたしたちは、海が主体を超えた空間としてあるからこそ、そこにもたれかかったり、様々な予感や期待を抱いたりしてしまう。それが海辺という場の引力なのだろうとわたしは思う。

あとがき

本書の出発点になったのは、十五年ほど前に提出した修士論文である。近代における消費の成熟と文化現象について考えていたとき、旅行が消費の対象になることから海水浴というレジャーの誕生に関心をもった。また、「なぜ夏の海はナンパの場なのか」という素朴な疑問をもったことがきっかけだった。

その後、そのような関心を〈学術論文〉という形を借りて表現することになった。わたしが専門とする日本近現代文学と絡める形で以下の〈論文〉を書き進めてきた。

「夏の日の恋——江見水蔭『海水浴』の力学」（日本文学協会編「日本文学」二〇〇一年十一月、日本文学協会）

「夏目漱石『木屑録』の海水浴」（「名古屋短期大学研究紀要」第四十五号、名古屋短期大学、二〇〇七年）

「海辺の憂鬱——物語としての『不如帰』」（「名古屋短期大学研究紀要」第四十六号、名古屋短期大学、二〇〇八年）

「「金色夜叉」と熱海——口絵の力と現在」（「国文学攷」二〇〇九年三月、広島大学国語国文学会）

「海辺のホモソーシャリティ、あるいはその亀裂について――夏目漱石「行人」を中心に」(「近代文学試論」二〇〇九年十二月、広島大学近代文学研究会)
「海辺を「考へずに観る」ということ――夏目漱石「彼岸過迄」をめぐって」(「国文学攷」二〇一〇年三月、広島大学国語国文学会)
「海辺と〈肉体〉――大正期の身体表象について」(広島大学大学院文学研究科編「広島大学大学院文学研究科論集」二〇一〇年十二月、広島大学大学院文学研究科)
「〈現代文学〉の風景――物語の大衆消費と石原慎太郎「太陽の季節」」(日本文学協会編「日本文学」二〇一一年十一月、日本文学協会)

正直、これらを〈学術論文〉として書き進めていたときには非常に居心地の悪い思いをしていたし、学会誌などに掲載されたことに対して申し訳ないような気持ちもあった。厳密な論証を求められる学術論文とは言いがたかったからである。

今回、「青弓社ライブラリー」という執筆の場をいただき、その居心地の悪さや違和感をかなり拭うことができた。右の〈論文〉をエッセーとして書き直し、少しでも読みやすくなるように努めたのが本書である。それでも、専門的な文学研究における認識が説明不足のまま残されているところが多々あろうかと思うが、それが現在のわたしの限界なのだろう。なにとぞご容赦いただきたい。

本書を世に送り出すにあたって、特に次の方々に深くお礼を申し上げたい。

まず、前の勤務先である名古屋短期大学のみなさん。本書でわたしが大衆文化をきちんと受け止められているとするならば、それは名短の学生たちの感性とそれを大切にしてきた教員の方々との出会いがあったからだろう。

そして、国立歴史民俗博物館での共同研究「歴史表象の形成と消費文化」のメンバーのみなさん。この共同研究を通じて、歴史学や民俗学が過去ではなく常に現在を考えている学問であることを改めて知ることになったが、その影響は本書にちりばめられていると思う。

それから、現在の勤務先である広島大学文学部・大学院文学研究科で日本近現代文学を学んでいる学生のみなさん。少女漫画における海辺の表現について教えてくれたのは、学生たちである。学生たちの協力がなければ、「おわりに」は書くことができなかっただろうと思う。

最後になってしまったが、青弓社の矢野未知生さんには、構想段階から完成に至るまで、本当に丁寧にご助言をいただき、いくら感謝しても足りないくらいである。エッセーとして少しでも読みやすいものになっているとすれば、それは矢野さんのおかげである。

本書を通じて、読者のみなさまに人文学のおもしろさが少しでも伝われば、と願っている。

本書に取り上げている文学作品の引用は、特に注記のないかぎり、当時の時代性を考慮して、初出、もしくは初刊本の本文によった。また、文学作品にかぎらず、記事や資料を取り上げる際には可能なかぎり初出の情報を記した。引用にあたっては、原則としてルビ・傍点のたぐいは省略し、旧漢字は新漢字に改め、明らかな誤字は正した。

[著者略歴]
瀬崎圭二（せざき けいじ）
1974年、広島県生まれ
広島大学大学院文学研究科准教授
専攻は日本近代文学
著書に『流行と虚栄の生成』（世界思想社）、共著に『文学年報2 ポストコロニアルの地平』（世織書房）、『漱石文学全注釈10 彼岸過迄』（若草書房）など

青弓社ライブラリー 77

海辺《うみべ》の恋《こい》と日本人《にほんじん》　ひと夏の物語と近代

発行——2013年8月1日　第1刷

定価——1600円＋税

著者——瀬崎圭二

発行者——矢野恵二

発行所——株式会社青弓社
〒101-0061 東京都千代田区三崎町3-3-4
電話 03-3265-8548（代）
http://www.seikyusha.co.jp

印刷所——厚徳社

製本所——厚徳社

ISBN978-4-7872-3361-5 C0336